행복하고 달콤한 기적들

행복하고 달콤한 기적들

별에서
바다까지

세상에서
벌어지는

사랑스러운
이야기

◇◇◇◇◇◇◇◇◇◇◇◇◇◇◇◇◇◇◇◇◇◇◇◇◇◇◇◇◇◇◇◇◇◇◇◇◇

이정 지음

북카라반
CARAVAN

행복의 단서를 찾아서

달콤한 사탕 같은 책을 쓰고 싶었다. 손톱만 한 사탕이 우리를 금세 행복하게 한다. 책도 그럴 수 있다. 한 페이지만 읽어도 마음이 화사해질 글을 모았다. 생각보다 어려운 일이었지만 한없이 고되지도 않았다. 행복한 이야기가 세상에 이미 많았던 덕분이다.

많은 동물이 행복하게 산다. 엄마 돌고래는 아기에게 이름을 지어주고 다정하게 부른다. 사람 엄마와 똑같다. 그렇다. 이름을 불러주지 않으면 사랑하지 않는 거다. 어떤 돌고래는 고독한 미식가다. 자신을 위해 맛있게 요리한 후에 혼자 음미한다. 맞다. 내 입맛을 아는 내가 정성껏 준비한 혼밥이 화려한 만찬보다 맛있다.

친구와 행복하게 지내는 동물도 많다. 꿀벌은 모여든 친구들 앞에서 엉덩이춤을 추어서 꿀이 있는 곳의 좌표를 알려준다. 침팬지는 친구들과 모여서 느긋한 음주 파티를 즐긴다. 사람이나 동물이나 같다. 친구와 노는 것이 가장 신난다. 물론 조금 다를 때도 있다. 때로는 동물이 사람보다 훨씬 유쾌하고 행복하다.

동물 이야기만 하면 나무가 섭섭하다. 나무도 감정이 있다. 동물처럼 아픔을 느끼고 공포에 몸을 떤다. 나무는 무생물이 아니다. 마음이 살아 있는 생명체다. 나무에게도 엄마가 있다. 숲속에 사는 작은 나무들을 엄마 나무가 돌보고 지켜준다. 동물 엄마와 나무 엄마는 조금 다르다. 동물보다 나무가 훨씬 오랫동안 엄마와 산다. 나무는 움직이지 않고 엄마 바로 곁에서 소곤소곤 이야기하면서 수백 년을 지낸다.

사람은 기원부터 놀랍다. 우리는 모두 별에서 왔다. 먼 옛날 별이 산산조각 나면서 작은 입자로 쪼개졌다가 다시 뭉쳐져서 인간이 되었다. 우리는 완전히 없어지지도 않는다. 원자 단위로 보면 소멸하는 인간은 없다. 세종대왕이나 유관순 열사의 원자 일부가 21세기 우리의 몸속에 들어 있다. 우리 모두 하나하나 귀한 존재인 것이다.

사람에게는 놀라운 힘이 있다. 내가 생각하는 대

로 다른 사람의 마음을 움직일 수 있다. 내가 운이 좋다고 생각하면 정말 운이 찾아온다. 마음을 조금만 바꾸면 금방 행복해진다. 우리는 친구의 마음과 자신의 삶을 눈 깜짝할 사이에 바꿀 수 있다.

이상한 일이다. 세상에는 이렇게 신기하고 행복한 일이 많은데 우리는 잘 알지 못한다. 우리가 너무 바쁜 것일까, 아니면 행복하기 싫은 것일까? 이 책이 달콤한 사탕처럼 우리를 다시 행복하게 했으면 좋겠다.

차례

머리말 • 행복의 단서를 찾아서 5

귀여워서 좋다

• 귀여운 건 깨물어주고 싶다 12 | • 북극곰은 쌍둥이다 15 | • 서두르지 않아도 느려서 행복하다 18 | • 소도 낯을 가린다 20 | • 해달은 친구와 손을 잡고 잔다 23 | • 판다는 아무 데서나 잔다 25 | • 세상에서 가장 행복한 동물 28 | • 꿀벌은 엉덩이춤으로 대화한다 30 | • 고양이처럼 숨으면 기분이 좋아진다 33 | • 강아지는 친구를 위해 일부러 져준다 36 | • 개는 사람의 오랜 친구 38 | • 돌고래는 누가 이름을 지어줄까? 41

평범하지 않아서 더 좋다

• 돌고래는 바다의 요리사 46 | • 상어는 자판기보다 온순하다 49 | • 향유고래는 친구를 잊지 않는다 52 | • 문어는 뇌가 9개, 심장이 3개 54 | • 물고기도 사람 얼굴을 기억한다 57 | • 펭귄은 가족의 목소리를 알아듣는다 59 | • 침팬지도 친구와 술을 마신다 62 | • 까마귀는 반짝이는 것을 선물한다 65 | • 하마의 자체 제작 선크림 68 | • 나비와 악어의 눈물 70 | • 나무도 마음이 있다 73 | • 알 속에서도 엄마와 대화한다 76 | • 대왕고래는 하루에 100킬로그램씩 자란다 79

걱정은 안 해도 된다

• 아픔을 잊어버리는 방법 84 | • 얄미운 사람에게서 나를 지킬 수 있다 87 | • 괜찮아, 눈치 보지 않아도 90 | • 약점이 있어서 더 멋있다 92 | • 좀 비관적이어도 괜찮다 95 | • 나를 자랑스러워해야 하는 이유 98 | • 후회할 일이 있어서 다행이다 101

행복은 어렵지 않다

• 걷는 동안 마음이 되살아난다 106 | • 따뜻한 커피 한잔에 마음이 포근해진다 108 | • 꽃향기를 맡으면 행복해진다 111 | • 추억의 사진이 소중한 이유 113 | • 웃음은 가짜여도 괜찮다 115 | • 눈물은 우리를 다시 행복하게 한다 117 | • 재채기의 기쁨 119 | • 감동하면 건강해진다 121 | • 기대감이 우리를 행복하게 한다 123 | • 소소한 행복이 진짜 행복이다 125 | • 함께 보낸 시간만큼 소중해진다 128 | • 행복은 전염된다 130 | • 돈으로 행복을 사는 법 132

사랑은 좋다

• 사랑하는 이의 얼굴이 고통을 씻어준다 136 | • 내 손을 잡아, 다 잘될 거야 138 | • 껴안는 순간 스트레스가 사라진다 140 | • 사랑하면 오래 산다 142 | • 마주 보면 심장이 같이 뛴다 144 | • 함께 공포를 겪으면 사랑이 깊어진다 146 | • 사랑의 비밀이 눈동자에 담겨 있다 148 | • 키스가 알려주는 것 150 | • 사랑한다고 말해주세요 153

우리는 기적 같은 존재다

• 우리는 모두 별에서 왔다 158 | • 인간의 몸에서는 빛이 난다 161 |
• 내 몸에 세종대왕이 들어 있다 163 | • 다른 사람의 마음을 움직일
수 있다 166 | • 사랑하는 사람의 꿈을 꾸는 법 168 | • 미래를 느낄 수
있다면? 171 | • 행운을 부르는 아주 쉬운 방법 174 | • 의지력도 믿는
대로 된다 176 | • '멍 때리는' 중에도 뇌는 일하고 있다 178 | • 사람
의 미소는 양도 행복하게 한다 180

별나고 사랑스러운 이들

• 달을 봐, 저기 네 이름이 있어 184 | • 화성에서 열린 생일 파티 186
| • 프링글스 발명가는 프링글스 속에 잠들었다 189 | • 달콤하고 영
원하고 행복한 것 191 | • 돌고래는 사람을 사랑한다 194 | • 혹등고
래는 바다의 신사다 197 | • 바이킹의 결혼 선물은 고양이였다 199 |
• 동물을 외롭게 두지 말 것 202 | • 연민은 없어도 괜찮다 205 | • 가
난한 이들의 큰 선물 207

지구에는 좋은 일이 많다

• 지구는 인간을 돌보아준다 210 | • 나무는 사람을 보살핀다 212
| • 엄마 나무와 아기 나무 214 | • 구름에서 뭐가 보여? 217 | • 신
선한 공기가 힘을 준다 219 | • 트림이 나오는 것은 지구 덕분 222 |
• 똑바로 앉으면 기억력이 좋아진다 224 | • 악몽은 사랑의 표현이다
226 | • 닭살은 고마운 친구 같다 228 | • 아기는 신비로운 존재다 230
| • 영원히 자라는 부위가 있을까? 233 | • 사람은 공기를 정화한다
235 | • 머리를 안 감으면 공기가 깨끗해진다 238

귀여워서 좋다

귀여운 건 - - - - - - - - - - - - - - - -

- - - - - - - - - 깨물어주고 싶다

아주 귀여운 것은 가만 두기 싫은 게 사람 마음이다. 혀를 조금 내놓은 하얀 강아지, 방글방글 웃는 아이의 볼, 오동통한 아기 엉덩이가 그렇다. 아기 엉덩이나 볼을 보고 있으면 꼬집고 싶고, 강아지를 보고 있으면 꼼짝 못하게 꼭 안아주고 싶은 충동에 시달린다.

귀여운 대상을 괴롭히고 싶은 마음을 귀여운 공격성cute aggression이라고 부른다. 2015년경부터 많이 사용된 심리학 용어다. 귀여운 공격성이 생기는 것은 귀여움이 한 계치를 넘어섰기 때문이다. 사람은 극도의 감정을 느끼면 반대로 행동하는 경향이 있다. 예를 들어서 견딜 수 없이 기쁜 일이 생기면 눈물을 펑펑 쏟게 된다. 오래 헤어졌던

아이를 만난 엄마는 기쁨을 참지 못하고 울어버린다. 반대로 견딜 수 없이 화가 나고 어이없는 일이 터졌을 때는 허허허 웃음이 난다.

귀여운 것도 마찬가지다. 참을 수 없이 귀여운 것을 보면 괴롭히고 싶어진다. 주로 어린 동물이나 아기가 그런 감정을 일으킨다. 귀여운 것을 보고 이성을 잃었다면 내 잘못이 아니다. 지나치게 귀여운 상대가 내 정신을 다 뒤집어놓은 게 원인이다.

미국의 심리학자로 UC리버사이드 교수인 캐서린 스타브로풀로스Katherine Stavropoulos는 귀여운 공격성에 대해서 연구했다. 그는 아주 귀여운 것을 깨물고 싶은 것은 정신을 차리기 위해서라고 했다.

귀여운 아기가 눈앞에 있으면 보호자는 넋 놓고 빠져든다. 그 상태가 지속되면 아기가 위태로워진다. 몽롱해진 보호자는 할 일도 잊어버릴 것이기 때문이다. 이때 뇌가 개입해서 귀여움의 감동을 깨버린다. 깨물거나 꼬집고 싶은 마음이 들도록 하는 것이다. 실제로 엉덩이를 꼬집으면 아기는 울거나 얼굴을 찡그릴 것이고 귀여움의 최면은 깨진다. 이제 보호자는 정신을 차린다. 밥이나 따뜻한 잠자리를 마련할 정신이 드는 것이다. 뇌의 공격 명령은 너무 귀여워도 정신을 잃지 말라는 뜻이다.

귀여운 것들은 정신을 몽롱하게 한다. 귀여운 강아지와 고양이나 아기가 그렇다. 하루 종일 귀여움에 빠져만 있다면 누가 그들을 보살필까? 때마침 뇌가 우리를 깨워준다. 귀여운 것을 꼬집어서 울리라고 뇌가 지령을 내린다. 앙 깨물어서 귀여운 얼굴을 찌푸리게 하라는 것도 뇌의 지시다. 우리 뇌는 참 신기해서 우리가 얼빠진 상태로 있으면 나서서 깨워주기도 한다. 덕분에 우리는 귀여운 것들 앞에서도 정신을 차릴 수 있다.

북극곰은 ─────────────

───────────── 쌍둥이다

○
귀
여
워
서

좋
다

북극곰은 온순하고 귀여운 동물일 것이라고 생각하기 쉽다. 다가가 쓰다듬거나 껴안고 싶어진다. 하지만 북극곰은 동물을 잡아먹는 맹수다. 껴안으려고 다가가면 큰일 난다.

북극곰은 피부가 하얀색일 것 같지만 실제로는 검다. 북극곰이 삭발하면 까만 곰이 된다. 북극곰은 생존을 위해 검은색 피부를 갖도록 진화했다. 북극곰은 그린란드, 캐나다, 러시아, 알래스카 등 북극권에서 산다. 검은색 피부가 태양의 열을 최대한 흡수한다.

북극곰의 털 색깔은 하얀색으로 보이지만 사실 북극곰의 털은 하얀 것이 아니라 투명하다. 사람의 털과는 달리 북극곰의 털은 속이 비어 있다. 그 속의 공기에 빛이

15

산란하면서 하얗게 보인다.

북극곰에 대한 착각은 많아도 새끼 북극곰이 귀엽다는 것에는 모두가 동의한다. 새끼 북극곰은 가장 귀여운 동물 중 하나로 꼽힌다. 갓 태어났을 때는 강아지 크기밖에 되지 않는다. 길이는 30센티미터고 무게는 600그램 내외다. 눈도 못 뜨고 이빨도 없으며 소리도 못 듣는다. 온몸이 짧고 부드러운 털로 덮여 있다. 꼬물거리는 새끼가 나중에 650킬로그램이 넘는 거구로 자란다. 물론 엄마 북극곰의 보호가 없이는 그렇게 클 수 없다. 새끼는 먹이와 보온을 엄마에게 전적으로 의존한다.

북극곰은 12월경에 새끼를 낳고 4~8개월 동안 굴에서 먹지도 마시지도 않고 새끼를 돌본다. 엄마는 지방이 31퍼센트를 차지하는 젖을 먹이며 새끼들이 무럭무럭 자라도록 돌본다.

흥미롭게도 북극곰은 보통 쌍둥이로 태어난다. 북극곰은 1~3마리 새끼를 낳지만 2마리 출산이 가장 빈번하다. 두 마리 북극곰은 엉겨 붙어 장난치면서 함께 자란다. 새끼와 엄마는 2년 이상 함께 지내다 헤어진다.

미국 작가 커트 보니것Kurt Vonnegut은 북극곰을 사랑해 다음과 같은 말을 남겼다. "이 말을 하는 순간에 최후의 북극곰이 지구 온난화 때문에 즉, 우리 때문에 굶어 죽

고 있을지도 모른다. 나는 북극곰을 그리워할 것이다. 새
끼 북극곰은 아주 따뜻하다. 꼭 껴안고 싶다. 의심이 없다.
우리의 아기들과 꼭 닮았다.”

　　　보니것의 말처럼 사람의 아기나 북극곰 새끼나 의
심의 여지 없이 따뜻하고 꼭 껴안고 싶다. 생각만 해도 마
음이 포근해진다. 세상에는 참 귀여운 존재가 많아서 다행
이다.

서두르지 않아도 ----------

---------- 느려서 행복하다

영어에 이런 속담이 있다. "나쁜 소식은 독수리의 날개를 가졌고 좋은 소식은 나무늘보의 발을 가졌다." 급하게 전해지는 소식은 거의 나쁜 뉴스다. 좋은 소식은 아주 느리다. 그런데 나무늘보는 얼마나 느린 걸까? 가슴이 답답해서 못 견디도록 느리다. 나무늘보는 1분당 3미터 정도 이동한다. 1미터 가는 데 20초가 걸린다는 말이다. 그 엄청난 저속을 실감하고 싶다면 숫자를 세어보자. 천천히 스물을 센다. 그동안 나무늘보가 이동한 거리는 겨우 1미터다. 그것도 컨디션이 좋아야 그 속도다. 나무늘보는 배가 부르면 속도가 더 떨어진다고 한다. 당연히 배가 고파도 속도는 줄어들고 새끼를 업으면 더 느려질 것이다.

그런데 나무늘보가 느린 데는 이유가 있다. 나무늘보의 먹이는 영양분이 적기 때문에 생존하려면 에너지를 극도로 아껴야 한다. 느리게 움직여야 에너지를 아낀다. 적게 벌고 적게 쓰는 사람처럼 나무늘보는 적게 먹고 적게 움직이는 것이다. 나무늘보는 많이 움직이지 않기 때문에 사냥당할 확률이 낮다. 움직임이 적으니까 독수리 같은 적에게 덜 주목받는 것이다. 나무늘보는 느려서 오래오래 행복하게 사는 것이다.

너무 느린 나무늘보가 매력적으로 보인다면, 우리가 너무 바쁘게 살기 때문이 아닐까? 느리게 사는 나무늘보는 바빠서 정신없는 사람들에게 이렇게 조언할 것이다. "왜 그렇게 바쁘게 사나요? 뭘 그렇게 많이 손에 쥐고 싶어 해요? 천천히 느리게 사세요. 자주 쉬어야 해요. 잠도 푹 자고요. 그리고 소중한 것을 하나만 골라 꼭 잡으세요. 우리가 나뭇가지를 꼭 붙잡듯이 말이죠."

그런데 나무늘보가 항상 느린 것은 아니다. 물에서는 굉장히 빠르다. 1분에 13미터를 헤엄친다. 엄청난 속도는 아니지만 육지에서보다 4배가량 빠른 것이다. 게으른 나무늘보지만 어떤 수컷은 암컷 나무늘보의 소리를 듣고 물살이 제법 빠른 강을 건너기도 한다.

소도 ----------------

---------- 낯을 가린다

소심한 사람들은 많은 사람 앞에서 말하는 것은 물론이고 서 있는 것도 무섭다고 한다. 정당한 요구도 부끄러워서 말 못하는 사람도 적지 않다.

소도 소심하고 낯가림이 심하다. 낯선 소 앞에서는 긴장해서 마음이 쪼그라든다. 영국 노스햄프턴대학의 크리스타 매클레넌Krista McLennan의 연구가 유명하다. 세 마리 소가 실험을 도왔다. 먼저 소 한 마리를 좁은 공간에 두었다. 그다음 평소에 친하게 붙어 다니는 소를 데려왔다. 친구와 함께 있게 된 소는 심장이 천천히 뛰었다고 한다. 긴장감이나 불안이 없고 마음이 편했다는 증거다.

그런데 처음 보는 소가 나타나니 달랐다. 낯선 소

와 한 공간에 있게 된 소는 심박 수가 상승했다. 긴장, 초조, 불안을 보였던 것이다. 연구팀은 소에게도 가까운 친구들이 있고, 그런 친구들과 같은 공간에 있으면 마음이 편해진다고 설명했다.

사람 눈에 소는 무척 우직해 보인다. 정서적으로도 둔감할 것 같다. 누구와 함께 있건 먹을 것만 있으면 상관없을 줄 알았는데 그게 아니었다. 소도 소심하게 낯을 가린다. 편한 친구와 함께 있는 것을 좋아한다. 둔감한 것은 소가 아니라 사람이다.

생각해보면 소처럼 사람도 불쌍하다. 사람도 낯선 사람 앞에서는 낯을 가리게 된다. 불편한데도 참아야 한

다. 밥벌이 등 이런저런 사유로 낯선 이를 너무 많이 만나
고 다닌다. 시간을 내서 편한 사람들과 자주 모이는 것이
좋다. 그것이 심장과 정신 건강에 유익하다.

해달은 친구와   ----------

---------- 손을 잡고 잔다

해달은 귀여운 만큼 여러 면에서 놀라운 동물이다. 먼저 털의 밀도가 동물 중 1등이다. 1제곱센티미터 안에 최고 16만 5,000가닥의 털이 밀집되어 있다. 물샐틈없다. 풍성한 털 덕분에 바다 생활을 할 수 있다.

해달은 도구도 쓸 줄 안다. 강력한 이빨로 게를 씹어 먹을 수 있는 해달에게도 조개나 전복은 너무 딱딱하다. 이럴 때 돌을 꺼내 든다. 해달은 건져 올린 조개를 배 위에 올려놓고 돌로 깨뜨려서 먹는다. 해달의 배는 식탁이다.

해달은 잘 때도 귀엽다. 가족이나 친구와 함께 바다에 누워서 잠을 잔다. 바다 위에서 둥둥 떠서 자다 보니 한숨 자고 깨어나면 해류에 떠내려갈 수도 있다. 깨어 보

니 혼자라면 얼마나 당황스러울까. 해달은 귀여운 해결책을 찾았다. 손을 잡듯이 서로의 앞발을 잡고 잠을 자는 것이다. 복잡한 놀이 공원에서 친구나 엄마 손을 꼭 잡은 아이를 닮았다.

아직 어린 해달은 특별한 래프팅을 즐길 수 있다. 엄마 해달이 새끼를 배 위에 올려놓는다. 해달의 배는 아기 침대가 된다. 새끼 해달은 바다 위를 둥둥 떠다니는 포근한 침대에 누워서 쿨쿨 잔다.

해달의 몸에는 아주 귀여운 주머니가 있다. 앞발 아래 피부가 늘어져 있는데 해달은 여기에 돌을 넣고 다니다가 맛있는 것을 깨 먹을 때 꺼내서 쓴다.

판다는 -------------

------- 아무 데서나 잔다

사람은 잠자는 장소가 정해져 있다. 강아지도 선호하는 잠자리가 있다. 대왕판다는 다르다. 잠이 오면 아무 데서나 잔다. 판다는 어떤 때는 바닥에서 편하게 자지만, 때로는 높은 나뭇가지 위에서 아슬아슬 균형을 잡으며 낮잠 잔다.

어쩌면 그렇게 태평스럽게 잘 수 있을까? 판다에게는 모든 곳이 안전하기 때문이다. 판다의 야생 서식지에는 판다를 공격할 포식 동물이 없다. 어느 곳이든 안전하기 때문에 어디서나 속 편하니 잘 수 있는 것이다.

고양이의 잠은 판다와 다르다. 전혀 태평하지 않다. 고양이가 잠을 많이 자기는 한다. 미국 텍사스 동물구조협회SPCA의 홈페이지 정보에 따르면, 건강한 성체 고양

이는 보통 하루의 50퍼센트가 수면 시간인데 잠이 많은 고양이는 하루의 70퍼센트까지도 잔다. 그러니까 24시간 중 17시간 정도가 수면 시간인 것이다. 굉장한 수면량이다. 그런데 고양이는 수면이 편안해서 오래 자는 것은 아니다.

고양이는 두 종류의 잠을 잔다. 얕은 잠과 깊은 잠이다. 하루에 여러 번 얕은 잠을 자는데, 이때 고양이는 주변에서 일어나는 일을 빤히 안다. 혹시 누가 접근해서 공격한다 싶으면 잠에서 깨어나 즉시 대응할 수 있다. 고양이가 오래 자는 것은 맞지만 항상 숙면을 취하지는 못한다는 뜻이다.

고래와 돌고래도 마음 편히 잔다고 할 수 없다. 이들의 수면 패턴은 USWSunihemispheric slow-wave sleep다. '단일 반구 서파 수면'이라고 하는데 뇌의 한쪽만 잠이 들고 다른 쪽은 깨어 있는 수면 상태를 의미한다. 반쪽이 깨어 있어야 자면서도 숨을 쉬고 위험한 일이 벌어지는지 경계도 할 수 있다. 바다사자, 바다소, 닭, 수리갈매기, 청둥오리, 매 등의 뇌도 반만 잠을 잔다.

고래나 고양이가 알면 판다를 무척 부러워할 것이다. 판다는 아무 데서나 숙면을 취할 수 있다. 무서운 것이 없기 때문이다. 판다는 두려움이 없으니 자유롭다. 판다에게서 삶의 교훈 하나를 얻을 수 있다. 자유롭고 싶다면 두려움을 지워야 한다.

세상에서 가장

행복한 동물

고양이나 강아지도 웃는 듯한 표정을 짓지만 가끔이다. 쿼카는 언제나 귀엽게 웃는 얼굴로 유명하다. 동글동글한 얼굴에 양쪽 볼이 통통하다. 눈망울도 예쁘다. 쿼카의 웃음은 다양하다. 인사하듯 미소를 지을 때가 있다. 은근히 웃음을 보이는가 하면 때로는 활짝 웃기도 한다. 사람들이 보기에 쿼카는 '세상에서 가장 행복한 동물'이다.

쿼카는 캥거루과에 속하며 호주 서남부에 서식하며 로트네스트섬과 볼드섬에서 볼 수 있다. 크기는 고양이 정도다. 쿼카에게는 웃는 표정 말고도 또 매력 포인트가 있다. 다른 동물을 능가하는 사교성이다. 쿼카는 낯선 사람도 두려워하지 않고 친구를 만난 듯이 웃는 얼굴로 접근

Image by Tracey Wong from Pixabay

한다.

쿼카는 귀여운 외모와 달리 생명력이 아주 강인하다. 몇 달 동안 물을 마시지 않아도 버틸 수 있다. 풀과 나뭇잎을 먹고 사는데 거기서 수분을 얻는다. 평소에는 지방을 꼬리에 비축해놓아서 오랫동안 먹지 않고도 살 수 있다. 가혹한 호주 날씨에 완벽히 적응한 것이다.

하지만 항상 웃는 쿼카가 귀엽다고 사람 음식을 주거나 만지면 해가 된다. 사랑스러워도 가까이 가지 말아야 할 때가 있다. 한발 물러서는 것도 사랑이다.

꿀벌은 --------------

---- 엉덩이춤으로 대화한다

춤을 잘 못 추거나 몸치라 춤추는 것이 부끄러운가? 현대 무용의 전설인 마사 그레이엄Martha Graham은 이렇게 말했다. "당신이 춤을 못 춰도 아무도 신경 안 써요. 그냥 일어나 춤을 추세요. 위대한 댄서가 위대한 것은 바로 열정 때문입니다."

많은 사람이 세상 구석구석에서 열정적으로 춤을 춘다. 매일 밤 클럽에서 사람들이 모여 춤을 추고, 가수들은 무대에서 춤으로 메시지를 전한다. 지금 이 순간에도 발레리나와 길거리 댄서가 어디선가 공연하고 있을 것이다. 춤은 의사소통의 수단이다.

하지만 꿀벌에 비하면 인간이 춤으로 나누는 대화

는 한참 부족하다. 사람도 중요한 메시지를 춤에 실어서 전달하지만 꿀벌은 춤으로 생명처럼 중요한 정보를 전한다. 꿀벌은 꽃에서 꿀을 빨아야 생존할 수 있다. 꿀벌의 춤은 어느 곳에 꽃이 있는지 친구들에게 알리는 방편이다.

여기저기 날아다니던 정찰병 꿀벌 한 마리가 좋은 꽃을 발견했다고 하자. 이 정보를 친구들에게 알려주어야 한다. 어떻게 할까? 먼저 집으로 돌아와 다른 꿀벌들의 주의를 끈다. 말하자면 홍보 활동을 하는 거다. 다른 꿀벌 위에 올라가거나 날개를 떨어서 윙윙 소리를 낸다. 친구들의 시선이 모이면 꿀벌은 무대 위 아이돌처럼 춤을 추기 시작한다. 춤에는 정해진 패턴이 있다. 꿀벌은 엉덩이를 좌우로 흔들면서 앞으로 나간다.

꿀벌의 엉덩이춤은 두 가지 중요한 정보를 알려준다. 꽃과의 거리는 엉덩이춤의 지속 시간과 비례한다. 엉덩이 흔들기 춤을 오래 추면 꽃이 멀리 있는 것이다. 춤이 전하는 두 번째 정보는 방향이다. 벌은 엉덩이를 흔들며 앞으로 나아가는데 진행 방향이 꽃이 있는 쪽을 나타낸다. 정확하게는 태양 위치를 기준으로 한 각도를 표현한다.

춤이 끝나면 반원을 그리며 춤을 시작한 지점으로 돌아와서 다시 춤을 춘다. 한 번 설명으로는 부족할 수 있으니 친구들이 이해할 때까지 반복하는 것이다. 이렇게 해서 꿀벌은 6킬로미터 거리에 있는 꽃의 위치까지 알려줄 수 있다고 한다.

이처럼 귀여운 대화 방법이 또 있을까? 꿀벌 한 마리는 열정적인 춤을 추고 나머지는 구경하면서 생존에 필수적인 정보를 주고받는다. 꿀벌들은 엉덩이춤으로 대화한다. 달콤한 꿀은 꿀벌의 엉덩이춤에서 시작된다.

고양이처럼 숨으면 - - - - - - - -

- - - - - - - - - - 기분이 좋아진다

"우리는 고독, 침묵, 사생활에 굶주린 세상에 살고 있다."
영국 작가 C. S. 루이스C. S. Lewis가 한 말이다. 혼자 있고 싶
은데 그게 그렇게 어렵다. 주변에 사람들이 언제나 바글
바글 와글와글하다. 친구나 가족이 훔쳐보거나 간섭해서
만이 아니다. 자신의 사생활을 기쁘게 노출하는 것이 요즘
트렌드다. 고독과 고요가 사라져버린 참 피곤한 세상이 되
었다.

고독, 침묵, 사생활을 즐기려면 어떻게 해야 할까?
혼자만의 공간으로 쏙 들어가서 문을 닫아버리면 된다. 고
양이는 그런 것을 아주 좋아한다.

고양이는 상자에 들어가는 것을 무척 좋아한다. 왜

그럴까? 두 가지 이유가 있다. 우선 태어나 자란 곳과 상자의 분위기가 비슷하기 때문이라고 한다. 야생의 많은 동물은 좁고 사방이 막힌 공간에서 새끼를 낳는다. 새끼에게는 그런 상자 같은 작은 공간이 편안하고 안전하다. 사람 아이들도 텐트나 가구 틈 같은 좁은 공간을 좋아한다. 또 다른 이유는 프라이버시를 보호해주기 때문이다. 한집에 사는 고양이들은 상자 안에 들어가 자신의 사생활을 즐긴다. 고양이들은 자기 눈에 남이 보이지 않으면 자신도 안 보인다고 생각한다.

　　학교나 회사 사무실에서 허락되지 않는 것이 고양이 상자 같은 공간이다. 우리에게도 남의 눈에 띄지 않는 작은 상자가 하나씩 필요하다. 그 속에서 고독과 사생활을 만끽할 수 있을 테니까 말이다.

오드리 헵번은 20세기 중반 가장 유명했던 배우 중 하나다. 헵번은 『라이프 매거진』과 1953년 한 인터뷰에서 이렇게 이야기했다. "나는 아주 자주 혼자 있어야 해요. 내 아파트에서 토요일 밤부터 월요일 아침까지 혼자 보내면 아주 행복하거든요. 재충전을 하는 방법이죠." 헵번은 고독이 큰 힘이라는 것을 잘 알고 있었다.

고양이 상자를 여러 개 만들어두자. 내 마음속에, 내 시간 속에, 내 집에, 나만 숨을 공간을 만들어두자. 내가 튼튼해질 것이다.

귀여워서 좋다

강아지는 친구를 위해 ------

----------   일부러 져준다

강아지는 자신이 힘이 훨씬 세더라도 같이 노는 친구에게 일부러 져준다. 강아지가 원하는 것은 이기는 것이 아니라 오래 노는 것이기 때문이다. 미국의 동물학자 카밀 워드 Camille Ward 박사는 수컷 강아지가 암컷 강아지와 놀 때 일부러 져준다는 사실을 논문을 통해 발표했다.

워드 박사에 따르면, 수컷 강아지들은 암컷의 주둥이를 핥는 행동을 자주 보인다. 이 행동은 위험할 수 있다. 암컷이 수컷의 얼굴이나 입을 물 수 있기 때문이다. 수컷 강아지는 달리거나 서 있다가 갑자기 쓰러지기도 한다. 몸싸움이나 달리기에서 굳이 이길 생각이 없는 것이다.

수컷 강아지가 일부러 져주는 행위에는 계산이 있

다는 것이 동물학자들의 설명이다. 수컷 강아지는 이렇게 생각한다. "내가 계속 이기면 저 애가 놀이에 흥미를 잃을 거야. 가끔 져줘야 즐거워하며 나와 오래 놀아줄 거야."

바보처럼 상대에게 공격 기회를 주고 우스꽝스러운 꼴로 자빠진다고 정말 바보인 것은 아니다. 그런 행동에는 오래 놀면서 친해지고 싶다는 계획이 있다.

인간관계도 이와 비슷하다. 가끔 져주어야 인간관계가 부드럽다. 남녀 문제가 아니다. 남자나 여자나 항상 이기려고 기를 쓰는 사람은 친구가 없다. 가끔 져주어야 한다. 그래야 이긴다.

개는

사람의 오랜 친구

빙하기 끝자락, 부족원들과 사냥에 나섰던 한 사냥꾼이 부상을 당해 낙오된다. 그 사냥꾼은 무리에서 쫓겨난 늑대를 발견했지만 죽이지 않고 내버려둔다. 둘은 우정을 나누고 가까워진다. 사냥꾼은 강한 추위가 몰려오기 전에 집으로 돌아가야 생존할 수 있다. 이 절박한 상황에서 곁에 있는 늑대가 진정한 친구가 되어주었다.

영화 〈알파: 위대한 여정〉의 내용이다. 영화는 늑대가 사람의 친구가 된 계기와 과정을 보여준다. 사실 늑대가 어떻게 개가 되었는지는 정확히 밝혀지지 않았다. 추정하기로는 약 3만 년 전에 사람이 늑대를 길들였고 늑대는 유전자가 변화하며 현재의 개가 되었다고 한다.

3만 년 동안 아주 신기한 일이 벌어진 것이다. 야생의 늑대는 단순히 가축이 된 것이 아니라 사람의 친구가 되었다. 사람의 친구가 된 개는 사람에게 기쁨은 물론이고 존재의 이유까지 준다. 자식이나 반려자와 같은 역할을 하는 것이다.

개는 친구나 가족을 뛰어넘어 인간에게 많은 것을 가르쳐준다. 미국 작가 존 그로건John Grogan이 쓴『말리와 나』에는 다음과 같은 문장이 있다. "사람은 개로부터 많은 것을 배울 수 있다. 우리 개 말리처럼 좀 이상해도 그렇다. 말리는 나에게 충만하고 기쁨이 가득하게 매일을 살도록 가르친다. 또 한순간도 놓치지 않고 붙잡도록 가르치며,

마음을 따르면서 살도록 일러준다. 또 숲속 산책, 방금 내린 눈, 겨울 햇살 아래의 낮잠 등 단순한 것에 감사하도록 가르친다.……무엇보다 우정과 이타심 그리고 굳은 충성심을 우리 개가 나에게 가르쳐준다."

개에게서 배울 수 있는 것은 그것 말고도 얼마든지 많다. 우선 개는 삶에 만족할 줄 안다. 사람은 같은 음식을 두 번만 먹어도 싫어하지만 개는 평생 같은 음식을 먹으면서도 매번 기뻐한다. 개는 또 사람을 무조건 좋아한다. 사람은 사람을 평가하지만 개는 사람의 외모와 성격과 재산에 관계없이 좋아한다. 또한 개는 걱정하면서 삶을 낭비하지 않으며, 남 탓을 해서 관계를 망치지도 않는다. 때때로 개는 완벽한 인품을 갖춘 듯 보인다.

개는 사람에게 행복은 물론이고 삶의 교훈까지 주는 대단한 동물이다. 그런데 사람도 대단하다. 그렇게 대단한 개와 3만 년 동안 친구였다니 말이다. 친구를 보면 그 사람을 알 수 있다고 한다. 그렇다면 개의 친구인 인간도 괜찮은 존재가 아닐까?

돌고래는 -------------

----- 누가 이름을 지어줄까?

누가 내 이름을 불러주지 않으면 서럽다. 반대로 불러도 대답이 없으면 슬며시 화가 난다. 서로 이름을 부르고 대답하는 것이 의사소통의 바탕이다. 바닷속 돌고래들도 그렇게 소통한다.

돌고래들은 빠르게 헤엄치면서 높은 휘파람 소리를 내는데, 그 소리는 돌고래 수만큼 다양하다. 10마리가 있다면 10가지 소리가 들린다. 그런데 한 돌고래가 휘파람 소리를 내면 다른 돌고래가 똑같은 휘파람 소리를 낸다. 한 돌고래가 "휘이익ㅋㅋ" 하면 다른 돌고래가 "휘이익ㅋㅋ" 따라 하는 것이다. "휘이익ㅋㅋ" 휘파람 소리는 돌고래 이름이고 그 돌고래는 누가 자기 이름을 부르자 답하

41

는 것이다. 사람으로 치면 "재석~"이라고 이름을 부르니까 "응, 재석~"이라고 응답하는 것과 같다. 돌고래는 물속에서 시야가 확보되지 않고 냄새도 맡을 수 없어서 소리에 의존해 친구가 어디에 있는지 확인한다고 과학자들은 설명한다.

돌고래들은 각자 자신의 이름에 해당하는 휘파람 소리를 갖고 있는데, 그 이름을 지어주는 것은 엄마 돌고래다. 새끼 돌고래가 배 속에서 자라는 동안 엄마가 반복해서 이름을 알려준다.

미국 해양 동물 행동 연구가인 서던미시시피대학 오드라 에임스Audra Ames 교수가 2016년 관련 연구 결과를 발표했다. 엄마 돌고래는 배 속 새끼 돌고래에게 노래하듯 휘파람 소리를 들려준다. 항상 똑같은 휘파람이다. 엄마가 새끼에게 이름을 지어서 알려주는 것이라고 연구자들은 설명한다. 이를테면 사람 엄마가 태아에게 "재석아"라고 반복해서 부르는 것과 같다.

사람 아기가 자기 이름을 말하게 되듯이, 새끼 돌고래도 생후 두 달이면 자신이 들었던 휘파람 소리를 낼 수 있다. 사람 아기가 이름을 묻는 질문에 "재석이"라고 말하는 것처럼, 돌고래 새끼도 언제 어디서든 "휘이익ㅋㅋ" 자기 이름 소리를 내는 것이다.

돌고래 엄마는 생후 2주까지 새끼에게 자신의 이름에 해당하는 휘파람 소리도 자주 들려준다. 이때는 주변 돌고래들도 도움을 준다. 엄마가 새끼에게 엄마 이름을 알려주는 이 기간에는 다른 돌고래들이 소리를 최대한 내지 않는다. 교육을 방해하지 않으려고 조심하는 것이다.

이름을 기억하고 불러주는 것은 굉장한 친절이다. 돌고래들은 친구, 새끼, 엄마 이름을 틈날 때마다 부르며 마음을 전한다. 나는 다정하게 부르고 싶은 이름이 몇 개나 있을까?

평범하지 않아서 더 좋다

돌고래는 ------------- ----------- 바다의 요리사

돌고래는 지능이 높을 뿐 아니라 똑똑한 요리사이기도 하다. 사냥한 것을 꿀꺽 삼켜서 빨리 배를 불리는 것이 동물의 본능이지만 돌고래는 서두르지 않는다. 어떤 돌고래는 먹이를 그냥 먹지 않는다. 요리사가 음식을 조리하듯이 돌고래도 조심조심 정교하게 먹이를 손질한다.

영국 엑서터대학의 톰 트레젠자Tom Tregenza 등은 호주 남쪽의 스펜서만에서 병코돌고래의 특이한 모습을 목격했다. 돌고래가 잡은 갑오징어를 그냥 먹지 않고 다듬어서 입에 넣은 것이다.

절차도 제법 복잡했다. 1단계는 사냥이다. 먼저 바닥에 있는 오징어를 향해 전광석화처럼 돌진한다. 돌고래

의 주둥이에 부딪힌 오징어는 뼈가 부러져 즉사한다. 2단계는 먹물 빼기다. 돌고래는 축 늘어진 오징어를 입에 물고 떠오르면서 여러 번 흔든다. 곧 소화를 방해하고 맛도 없는 먹물이 바닷속에 물감처럼 퍼진다. 3단계는 뼈 제거 작업이다. 돌고래는 먹물이 빠진 오징어를 물고 바다 바닥에 문지른다. 곧 살갗이 벗겨지고 오징어 몸통에서 뼈가 빠져나간다. 돌고래는 그 뒤에 오징어를 먹는다.

사람이 내장을 빼고 뼈를 추려서 생선회를 준비하듯 돌고래도 오징어를 정교하게 손질해서 먹는다. 사실 오징어 먹물을 먹고 뼈째 먹는다고 돌고래에게 무슨 문제가 생기는 것은 아닐 것이다. 과학자들이 보기에 돌고래는 필수가 아닌데도 먹이 손질을 선택한다. 더 맛있게 먹기 위한 행동이라고 추정할 수 있다. 돌고래는 취향이 확실한 미식가다. 돌고래가 오징어를 손질하는 장면을 본 한 연구자는 "돌고래는 동물 몸에 갇힌 천재"라고 평가했다.

그런데 돌고래는 머리만 좋은 것이 아니라 자기애도 뛰어난 것 같다. 자신을 위해 공들여서 요리하는 것은 힘들다. 사람들은 컵라면이나 김밥 등 무성의한 간편식을 자주 먹는다. 왜 자기 돌보기를 귀찮아하는 것일까? 다른 일을 하느라 힘을 다 썼기 때문이다. 공부하고 일하고 스트레스 받느라 진이 빠져서, 정작 자기를 돌볼 힘이 안 남는다. 자신에게 맛있는 요리를 선물하는 돌고래가 그런 사실을 안다면 사람들을 불쌍하게 생각할 것이다.

상어는 자판기보다 온순하다

"오해를 통해서만 사랑받는 것이 시인의 가장 큰 비극이다." 프랑스의 시인 장 콕토Jean Cocteau의 말이다. 동물 중에서도 오해를 통해서 인기를 얻게 된 비운아가 있다. 바로 상어다.

세상 사람들은 상어가 아주 위험한 동물이라고 생각한다. 영화나 소설에서도 상어는 치명적인 악당으로 그려진다. 그런 무시무시한 이미지 덕분에 상어는 만화, 영화, 드라마, 게임 등에 빈번하게 등장한다. 그런데 상어는 오해를 받고 있다. 상어는 심각하게 위험하지 않다. 상어 때문에 죽거나 다치는 사람은 많지 않다. 상어보다는 차라리 자판기가 위험하다.

    미국에서 1978년부터 1995년까지 자판기를 발로
차거나 흔들다가 자판기에 깔려 죽은 사람은 37명이다. 연
평균 2.18명이 희생된 것이다. 그런데 1994년부터 2004년
까지 미국에서 상어 때문에 사람이 죽은 사건은 6건 발생
했다. 연평균 희생자는 0.6명이다. 자판기가 상어보다 4배
이상 치명적이다. 진실이 이런데도 사람들은 사랑하는 자
녀가 자판기 쪽으로 가는 것은 걱정하지 않는다. 대신 평
생 볼 수도 없을 상어를 경계한다.

    또 다른 흥미로운 통계가 있다. 미국 시사주간지
『타임』의 2013년 12월 3일 자 기사에 따르면, 상어 입보다
사람 입이 위험하다. 전 세계에서 상어에 물리는 사람보다

뉴욕에서 다른 사람에게 물린 사람이 10배 많았다. 전 세계도 아니고 뉴욕으로 한정했는데도 결과가 그렇다. 우리는 상어보다 위험한 사람들에게 둘러싸여 있다.

상어는 사람이나 자판기보다 위험하지 않다. 상어가 포악한 습격자라는 생각은 사실과 다른 오해인 것이다. 상어에 대한 공포는 영화나 드라마 같은 대중매체를 통해 키워졌다. 상어가 악당 이미지를 뒤집어쓴 덕에 이득을 보는 사람들이 있다. 상어 지느러미를 구하려고 살상 행위를 만연하게 저질러도 비난 여론이 그리 높지 않은 것은, 아무래도 상어의 이미지 때문인 것 같다.

상어에 대한 공포는 만들어진 것이다. 오해 받는 상어가 불쌍하다. 오해 받아서 슬퍼본 적이 있는 사람은 상어의 마음을 안다.

향유고래는 ------------

------- 친구를 잊지 않는다

향유고래는 사자나 호랑이와는 비교도 안 되는 지구 최강의 사냥꾼이다. 수심 1킬로미터까지 내려가서 가오리, 문어, 대왕오징어 등을 잡아먹는다.

완력과 사냥술은 무시무시하지만 향유고래의 마음은 따뜻하다. 가족에 대한 사랑이 깊고 친구도 소중하게 여긴다. 고래 연구가인 덴마크 오르후스대학의 세인 게로 Shane Gero 박사가 2015년 발표한 논문에서 설명한 바에 따르면 그렇다.

향유고래는 수컷은 따로 살고 암컷이 무리를 이끈다. 향유고래가 이루는 공동체는 오손도손 따뜻하다. 보통 7마리 정도가 한 무리를 이루며 암컷 3세대가 함께하기도 한다. 할머니, 엄마, 손녀가 함께 여행을 다니는 것이다. 그렇다고 배타적이지는 않다. 향유고래는 다른 고래 무리와 사귀고 친구가 되어 어울리기도 한다.

고래 연구자들에 따르면 향유고래는 가족이나 친구에 대한 기억을 오래 유지한다. 떨어지게 되어도 평생 기억을 유지한다고 한다. 물론 스쳐 지나간 고래까지 다 기억할 수는 없지만 가까이 붙어서 헤엄치거나 장난치면서 친해진 고래나 자신을 먹여주고 보호했던 가족에 대한 기억은 수십 년 동안 지속된다고 연구자들은 판단한다.

우리도 다르지 않다. 미국의 사회 운동가 엘리너 루스벨트Eleanor Roosevelt가 말했다. "많은 사람이 우리 인생으로 들어오고 나가지만 진정한 친구만이 우리 심장에 발자국을 남긴다."

사람이든 고래든 모든 인연을 기억하지 않는다. 특별한 사람이 오래 기억된다. 다른 이의 마음에 발자국을 남기는 사람은 행복한 사람이다.

문어는 뇌가 9개, ---------- ------------- 심장이 3개

문어는 신비로운 동물이다. 문어의 놀라운 특징 중 두 가지만 꼽아보자. 문어는 심장이 3개고 뇌가 9개다. 3개의 심장 중 2개는 아가미로 피를 보내는 역할을 한다. 거기서 이산화탄소를 배출하고 산소를 다시 흡수한다. 마지막 심장은 몸 전체로 혈액을 순환시키는 역할을 하는데, 심장 중 가장 크다. 이 심장은 문어가 헤엄칠 때는 활동하지 않는다. 그래서 문어는 헤엄치면 쉽게 지친다. 수영하는 문어보다 기어 다니는 문어를 많이 보게 되는 이유다.

심장이 3개나 필요한 것은 문어의 혈액에 헤모시아닌이 있기 때문이다. 척추동물 혈액 속의 헤모글로빈에는 철 성분이 많은데 비해 헤모시아닌에는 구리가 풍부하

다. 구리는 산소와 만나면 파랗게 된다. 문어의 피가 파란 이유다. 헤모시아닌은 낮은 수온에서 문어가 자유롭게 활동하도록 돕는다. 그런데 헤모글로빈에 비해서 산소 운반 능력이 떨어진다. 그래서 문어는 3개의 심장을 이용해 높은 압력으로 혈액을 순환하도록 진화한 것이다.

문어는 심장뿐만 아니라 뇌도 여러 개다. 무려 9개의 뇌가 있다. 문어의 신경세포는 5억 개 정도로 그중에서 3억 5,000만 개는 8개의 다리에 흩어져 있다. 다리에 작은 뇌가 하나씩 있는 셈이다. 그래서 다리는 중앙 뇌의 간섭을 받지 않고 반응하며 자유롭게 움직일 수 있다. 몸에서 완전히 잘려진 다리가 빠르게 움직이고 자극에 반응하는 것도 다리에 작은 뇌가 있기 때문이다. 만약 문어의 뇌가 하나라면 그 뇌로 8개의 다리와 1,600개의 빨판을 하나하나 신경 쓰고 통제해야 했을 테니 굉장히 피곤할 것이다.

뇌가 9개인 문어는 멀티태스킹을 할 수 있다. 뇌와 심장이 하나뿐인 사람은 멀티태스킹이 거의 불가능한데, 이 점은 사람보다 우월하다. 멀티태스킹은 자주 하면 해롭다고 한다. 집중력이 떨어지고 비효율적이다. 여러 일을 한꺼번에 하는 것은 순서대로 하나씩 하는 것보다 느리다고도 한다. 불안한 마음도 멀티태스킹의 부작용이다. 그런데 문어는 다르다. 여러 일을 동시에 하는 문어는 천재적이다. 정신없이 바쁜 우리는 문어가 부럽다.

물고기도 --------------

------ 사람 얼굴을 기억한다

동물은 사람의 얼굴을 알아볼까? 개나 오랑우탄은 알아볼 것 같다. 그러면 비둘기는 어떨까? 요즘 비둘기는 도시에서 사람들과 부대끼며 살지만 사람에게는 무관심한 것 같다. 길바닥을 살피는 비둘기들의 관심사는 먹이뿐이고 사람은 지나가도 신경도 안 쓰는 것 같다.

그런데 행인에게 무관심한 듯한 비둘기들이 사람 얼굴을 쳐다 보고 기억도 한다. 영국의 동물 행동 연구가인 링컨대학의 애나 윌킨슨Anna Wilkinson 박사는 2012년 비둘기가 사람 얼굴을 인식한다는 연구 결과를 발표했다. 이는 사실 비둘기에게 생존을 위한 필수 능력이다. 먹이를 주는 사람과 해치려는 사람을 분별해야만 삶의 질이 높아지기 때문이다. 안 보는 것 같지만 공원의 비둘기들은 곁눈질로 사람들을 살핀다. 나쁜 사람이면 달아나야 하기 때문이다.

물고기도 사람 얼굴을 안다. 옥스퍼드대학의 연구팀에 따르면 물총고기를 훈련시켰더니 사람을 구별했다고 한다. 꿀벌도 사람 얼굴을 안다. 미국의 생물학자인 미시간대학의 엘리자베스 티베츠Elizabeth Tibbetts가 2013년에 주장한 바에 따르면 훈련받은 꿀벌의 얼굴 인식 성공 확률은 90퍼센트 정도였다. 이틀이 지나도 사람 얼굴을 기억했다고 한다.

고양이나 개가 사람 얼굴을 아는 것은 당연한 것 같다. 그런데 새와 물고기와 꿀벌도 얼굴을 알아본다니 신기하다. 그렇다면 비슷한 부류의 다른 동물도 우리를 알아보지 않을까? 나비, 잠자리, 까치, 참새도 나를 알 수 있다. 내 머리 위에 나를 알아보는 동물 수십 마리가 날아다니고 있는 셈이다.

도시 사람들은 하루 수백, 수천 명과 스치지만 서로 얼굴을 보지 않는다. 우리는 서로에게 얼굴 없는 존재들이다. 그런데 어떤 동물들은 우리 얼굴을 보고 기억한다. 감시당하는 것일까? 관심받는 것일까? 나쁜 일일지 걱정은 안 해도 될 것 같다. 사람과는 달리 전선 위의 새들은 나를 구경만 할 뿐 험담할 것 같지는 않으니까.

펭귄은

-- 가족의 목소리를 알아듣는다

펭귄은 귀가 없는 것처럼 보인다. 하지만 아니다. 사람 눈에 보이지 않을 뿐 펭귄에게도 분명히 귀가 있다. 머리 양쪽의 귓구멍이 깃털로 덮여 있다. 펭귄은 귓바퀴나 귓불이 없어 청력이 나쁠 거라고 짐작하겠지만 오해다. 펭귄은 청력이 아주 뛰어나서 물속에서도 소리를 아주 잘 듣는다. 펭귄은 다른 펭귄을 식별할 때도 청력을 쓴다. 즉 목소리를 듣고 펭귄들을 알아보는 것이다. 가족 상봉도 뛰어난 청력 덕분에 수월하다.

바다로 나갔다가 돌아오는 엄마나 아빠 펭귄을 생각해보자. 눈앞에 수천 마리의 펭귄이 있다. 다들 비슷하게 생겼고 같은 자세로 서 있다. 하나하나 눈으로 살펴보

면서 가족이 맞는지 확인하려면 시간이 굉장히 많이 걸린다. 하지만 펭귄은 가족을 잘도 찾아간다. 가족의 목소리를 정확히 알아듣기 때문이다.

펭귄의 다리에 대한 오해도 많다. 펭귄은 뒤뚱거리며 걷는다. 그래서 펭귄은 무릎이 없다고 생각하기 쉽다. 하지만 대퇴골, 무릎, 정강이뼈가 분명히 다 있다. 대퇴부도 귀처럼 털에 덮여 있을 뿐이다. 뒤뚱거리며 걸어야 하기에 좀 불편하겠지만 펭귄이 육지에서 보내는 시간은 하루의 25퍼센트에 불과하다. 물에서는 다리 모양이 하등 문제되지 않는다.

펭귄은 넓적다리도 있고 무릎도 멀쩡히 있다. 또

귀가 없는 것 같지만 분명히 있고 청력도 아주 뛰어나 가족의 목소리는 귀신처럼 알아듣는다. 겉모습에 현혹되지 말라고 펭귄은 충고하고 싶을 것이다.

덤으로 펭귄에게는 깜짝 놀랄 과거가 있다. 펭귄은 작고 귀여운 것이 매력이다. 그런데 옛날 펭귄은 거대했다. 키가 사람보다 훨씬 컸다. 시모어섬에서 발견된 거대 펭귄colossus penguin 화석이 물증이다. 3,700만 년 전까지 살았던 이 펭귄의 키는 2미터, 무게는 115킬로그램에 달했다. 현재의 펭귄 중 가장 큰 것은 황제펭귄으로, 키는 1.1미터 정도, 체중은 50킬로그램이 안 된다. 옛날에는 농구 선수만한 거대 펭귄들이 어슬렁거리고 다녔다. 키가 2미터에 부리까지 날카로운 펭귄을 만난다면 무서울 것이다.

옛날의 거대 펭귄은 체력도 우수했다. 물속에서 숨을 40분 동안이나 참을 수 있었으며, 더 빠르게 그리고 오랫동안 헤엄치며 먹이도 능숙하게 잡았을 것이라고 한다. 펭귄이라고 항상 앙증맞고 귀여웠던 것은 아니다.

침팬지도 --------------

------- 친구와 술을 마신다

침팬지는 사람과 많이 닮았다. 특히 힘든 타인을 도우며
때로는 친구들과 술판을 벌이는 것이 사람과 비슷하다.

한 사람이 그릇을 열다가 뚜껑을 바닥에 떨어뜨렸
다. 손이 닿지 않아서 쩔쩔맨다. 옆에서 지켜보던 침팬지
한 마리가 의외의 행동을 한다. 뚜껑을 집어서 사람에게
준 것이다. 아무런 보상이 없는데도 사람을 도왔다. 독일
의 심리학자로 막스 플랑크 연구소의 펠릭스 바르네켄Felix
Warneken이 진행한 2007년 실험에서 침팬지는 그렇게 선한
행동을 했다. 실험에서 확인한 바 침팬지는 동료 침팬지들
도 비슷한 방식으로 도왔다.

침팬지에게는 어려움에 빠진 남을 도우려는 마음

이 있다. 요청이 없고 보상이 없어도 그렇게 한다. 사람과 비슷하다. 어려움에 처한 사람에게 손을 뻗어 돕는 것은 사람에게도 본능에 가깝다.

　사람처럼 침팬지들도 친구들과 모여서 술을 마신다. 2015년 포르투갈의 인류학 연구 센터 킴벌리 호킹스 Kimberley Hockings 박사 등 몇몇 인류학자가 침팬지의 음주 문화에 대한 논문을 발표했다. 아프리카 기니의 침팬지들이 자연 발효된 수액을 먹는 것이 관찰되었다. 수액에는 약 3퍼센트의 알코올이 들어 있으니 마시면 취하게 된다. 침팬지마다 먹는 양이 달랐지만 애주가 침팬지는 와인 한 병 분량의 알코올을 섭취하기도 했다.

침팬지는 보통 여럿이 함께 나무 위에 올라가서 수액을 마시는데 도구도 만들어서 사용한다. 스펀지처럼 흡수력이 생길 때까지 나뭇잎을 씹은 후 수액을 찍어서 먹는 것이다. 당연히 침팬지도 술에 취한다. 취한 후 행동이 각양각색인 것도 사람과 닮았다. 들뜨거나 꾸벅꾸벅 조는 모습이 관찰되었다. 술자리가 끝난 후 대부분은 자기 잠자리로 조용히 되돌아가지만 어떤 침팬지는 이 나무에서 저 나무로 옮겨 다니는 등 날뛰기도 했다. 늦은 밤 도시의 길거리에도 비슷한 사람이 많다. 아마 힘든 일이나 고민 때문일 것이다.

대단한 욕심을 부릴 것 없다. 친구들과 서로 돕고 가끔 모여 술도 즐기면 거의 완벽한 삶이 아닐까? 그런 좋은 삶을 침팬지들이 살고 있다.

까마귀는 반짝이는 것을 - - - -

- - - - - - - - - - - - - - - 선물한다

사람은 고마운 사람에게 마음을 담아 선물을 한다. 선물을
하는 것은 사람만 할 수 있는 특별한 일은 아니다. 동물도
선물을 한다. 특히 까마귀는 고마운 사람에게 예쁜 선물을
한다.

    미국 시애틀에 사는 스튜어트 달퀴스트Stuart Dahlquist
는 2019년에 까마귀에게 받은 선물로 세계의 주목을 받았
다. 달퀴스트 가족은 몇 년간 까마귀 한 마리에게 매일 밥
을 주었는데, 어느 날 까마귀가 작은 소나무 가지를 물어
왔다. 살펴보니 가지에는 음료수 캔 고리가 반지처럼 끼워
져 있었다. 까마귀는 반짝거리는 고리가 달린 나뭇가지를
다음 날에도 가져왔다. 까마귀는 먹이를 준 사람에게 정말

선물을 했던 것일까?

        워싱턴대학의 생태학자 존 마즐러프John Marzluff는 선물이 맞는다는 견해를 밝혔다. 조류 전문 매체 오듀본 www.audubon.org과의 2019년 3월 3일 인터뷰에서 설명하기를 까마귀는 종종 사람에게 선물을 한다고 했다. 까마귀는 열쇠, 귀걸이, 뼛조각, 돌 조각 등 반짝거리고 예쁜 것을 주로 선물하는데, 하트 모양 캔디를 받은 사람도 있다.

        까마귀는 호의를 베푼 사람에게 예쁜 물건을 갖다 준다. 선물을 받은 사람은 감동하게 된다. 마음을 담은 선물은 받는 사람의 마음을 뜨겁게 한다. 누가 주든, 무엇이든 모든 선물은 감동이다.

매일 선물을 받으며 살 수는 없을까? 프랑스 화가 앙리 마티스Henri Matisse는 1941년 암 수술을 받았다. 합병증 때문에 그는 거의 죽을 뻔했다. 기적적으로 회복한 마티스는 14년을 더 살았는데 이것을 '두 번째 인생'이라고 불렀다. 마티스는 수술 후의 삶은 하루하루가 선물이었다고 회고했다. "나는 해가 뜨는 걸 한 번 더 볼 수 있고 일을 조금 할 수 있는 기쁨에 대해서만 생각했다.……그리고 매일 새벽은 나에게 선물이었다." 그는 매일 선물을 받는 사람이었다.

우리도 매일 고마운 선물을 받고 있다. 느끼지 못할 뿐이다. 햇빛, 공기, 사랑, 응원, SNS의 '좋아요', 용돈 등 모든 것이 선물이다.

하마의 자체 제작 - - - - - - -

- - - - - - - - - - - - - - - 선크림

하마 피부에서는 붉은 액체가 나온다. '하마의 땀' 또는 '하마의 피땀blood sweat'이라고 불리지만 사실은 피가 아니다. 증발해서 체온을 낮추는 땀과도 다르다. 하마가 스스로 만든 선크림이다. 하마는 하루 종일 뜨거운 햇빛을 받으며 살아야 한다. 화상을 입는 등 피부가 크게 상할 수 있는 악조건이다. 게다가 하마의 피부는 예민해서 햇빛에 취약한 것으로 알려져 있다. 하마는 스스로 붉은색 선크림을 만들어 피부를 덮는다. 피부를 보습해주고 햇빛을 산란시킨다. 하마를 자외선에서 지켜내는 천연 선크림의 화학적 성분은 정확히 알려지지 않았다.

기린도 자외선으로부터 자신을 보호하는 기술이

있다. 기린의 혀는 높은 곳에서 나뭇잎을 훑는 데 쓰인다. 혀는 직사광선을 피하기도 어려워 잘못하면 화상을 입을 수 있다. 강한 햇빛으로 인한 피해를 줄이기 위해 기린의 혀는 검은색을 띠게 된다.

기린의 혀는 50센티미터에 이른다. 사람 팔 길이에 가깝다. 기린은 그 긴 혀로 사람 얼굴을 핥기도 한다. 사람 입장에서는 오싹한 기분이 들 만하지만 기린에게는 친근감을 표현하는 행위다. 길이도 놀랍지만 색깔도 뜻밖이다. 짙은 보라색과 검은색이 섞여 있다. 기린의 혀가 색이 짙은 것은 멜라닌 색소가 많기 때문이다. 멜라닌은 자외선을 흡수해 혀가 햇빛에 손상되는 것을 막아준다.

하마는 온 몸에 선크림을 바르고 기린은 혀에 자외선 보호막이 있다. 사람만 피부를 신경 쓰는 것이 아니다. 동물에게도 피부는 소중하다. 하마가 소중한 자신은 자기가 지켜야 한다고 말하는 듯하다.

나비와

악어의 눈물

아마존에 사는 나비는 거북의 눈물을 마신다. 나비라면 꽃의 꿀을 먹고 살 것 같다. 물론 나비는 꿀을 먹지만 꿀만으로는 살 수 없다. 생존을 위해서는 미네랄을 섭취해야 한다. 동물의 눈물에는 미네랄이 들어 있다. 하늘거리는 나비들이 악어의 눈가에 모여 앉아 눈물을 마시는 장면은 상상만으로 신기하고 놀랍다.

나비들은 미네랄을 얻으려고 더러운 짓도 한다. 흙탕물 웅덩이에 모여서 물을 마시는 것이다. 이런 행동은 수컷 나비가 더 많이 하는데, 정자의 생존율을 높이기 위해서라고 한다.

꽃을 닮은 나비는 꽃잎처럼 약할 것 같다. 하지만

'슈퍼 나비'도 있다. 제왕나비는 미국이나 캐나다에서 멕시코까지 4,000킬로미터를 이주한다. 분당 500회가 넘게 날갯짓을 하면서 매일 100킬로미터 이상 날아간다.

나비는 입이 아니라 발로 맛을 본다. 암컷 나비는 잎에 앉아 액이 나올 때까지 발로 두드려 맛을 본다. 나중에 애벌레가 잎을 맛있게 먹을 수 있을지 알아보는 것이다. 적합하다 싶으면 거기에 알을 낳는다. 발효된 과일 위에서 맛을 볼 때도 발을 이용한다.

나비가 화려한 색깔을 띠는 데에는 절박한 이유가 있다. 독버섯이 화려한 것처럼 독이 있는 곤충도 색깔이 밝다. 나비는 독이 있는 것처럼 보이려고 밝은 색을 띠게 되었다.

나비는 꽃구경만 다니며 여유롭게 살 것 같다. '나비 같은 삶'이라고 하면 자유롭고 편안하면서 우아한 삶을 떠올리게 된다. 그런데 아니다. 나비는 악어 눈물도 찾아다니고 천적 걱정도 하면서 산다. 새보다 멀리 날고 새끼를 기르려고 여기저기 분주히 탐색도 한다. 밥벌이와 자녀 양육을 위해 애쓰는 사람들과 다르지 않다. 모든 생명은 바쁘고 절박하다.

나무도

마음이 있다

호랑이가 코앞에서 입을 딱 벌리고 있다면 사슴의 마음은 어떨까? 후덜덜 떨릴 것이다. 슬픔이나 후회 같은 복잡한 감정은 느끼지 않는다고 해도 적어도 스트레스와 공포에 휩싸일 것은 분명하다. 이번에는 잎사귀가 먹고 싶은 사슴이 나무에 접근해서 입을 벌렸다고 하자. 나무의 심정은 어떨까? 나무는 아무 생각이 없을까? 사람이 나무의 마음을 속속들이 알 수는 없지만 물증을 갖고 과학적인 추론을 할 수는 있다. 과학자들에 따르면 나무는 외부의 위협이 있을 때 적극적으로 자신을 보호한다. 나무도 사슴에게 먹히는 것이 싫기 때문이다.

잎사귀를 잃은 나무는 두 가지 대응을 한다. 먼저

살리실산salicylic acid을 분비한다. 살리실산은 단백질 생산을 자극해 다친 부위를 다시 자라게 한다. 사람의 상처에 새살이 돋게 하는 약과 비슷하다. 나무 입장에서 나뭇잎이 뜯기는 것은 상처받는 일이다. 사슴이 나뭇잎을 뜯어먹으면 나무는 자기가 만든 치료제를 바른다.

두 번째로 떫은맛이 나는 타닌tannin을 분비한다. 일부러 이파리를 맛없게 만드는 것이다. 나뭇잎이 맛없으면 사슴은 다시 오지 않을 것이다. 나무는 사슴에게 목소리 높여 외치는 셈이다. "맛없어. 먹지 마. 그러니 두 번 다시 오지 마."

사람 눈에는 착하고 예뻐 보여도 나무 입장에서

사슴은 무서운 존재다. 호랑이가 사슴에게 공포감을 주는 것과 다르지 않다. 사슴이 다가오면 나무는 바짝 긴장하면서 급히 자기방어에 나선다. 독일 생물학자로 라이프치히 대학의 베티나 오제Bettina Ohse가 2016년 논문에서 주장한 바에 따르면, 단풍나무와 너무밤나무가 살리실산과 타닌을 분비한다.

우리는 나무에게는 마음이 없다고 생각한다. 잎을 뜯거나 가지를 부러뜨려도 무생물처럼 아무것도 못 느낄 것이라고 믿는다. 하지만 아닐 수도 있다. 나무도 위험이 다가오면 두려움을 느끼고 상처 나면 아파할지도 모른다. 그렇다면 반대로 나무가 기뻐할 때도 있지 않을까? 우리가 물을 주고 보살피면 나무는 사람에게는 들리지 않는 목소리로 웃고 고마워할지도 모른다.

알 속에서도 - - - - - - - - - - -

- - - - - - - - - - 엄마와 대화한다

새의 알은 많은 동물이 노리는 먹잇감이다. 족제비 같은 동물이 알을 노리고 나타나면 어미 새는 꺄악 소리를 지른다. 그 소리에 족제비는 흠칫 놀랄 것이 분명하다. 그 소리는 알 속에 있는 새끼에게도 들릴까? 새끼는 엄마 새의 외침이 무슨 뜻인지 알까? 알 속에서도 새끼 새는 엄마의 소리를 듣고 이해할 수 있다고 한다.

아직 알 속에 있는 새끼 새가 엄마 새와 대화할 수 있는 것은 자연의 신비 중 하나다. 외부의 위험을 알리는 소리에 반응하는 것이다. 그뿐만이 아니다. 옆에 있는 형제자매에게도 위험 신호를 전달한다.

이런 사실은 스페인의 생태학자로 비고대학 교수

인 호세 노게라José C. Noguera의 2019년 논문을 통해서 알려졌다. 연구팀은 스페인 북부의 한 섬에서 노란다리갈매기의 알을 수집해 실험했다. 이 섬은 갈매기들에게 좋은 서식지이면서도 위험한 곳이다. 특히 밍크는 갈매기에게 큰 위협이다. 밍크가 나타나면 어미 새는 날카로운 소리를 지른다.

연구팀은 갈매기 알 일부를 따로 모아서 어미의 경계 소리를 매일 들려주었다. 부화한 새끼 갈매기들은 공통적으로 스트레스 호르몬 수치가 높았으며, 머리가 작고 빨리 도망 다녔다. 포식자를 경계하는 몸과 마음의 준비를 하고 부화한 것이다.

연구팀을 놀라게 한 또 다른 사실이 있다. 갈매기 알 중에는 경고 소리를 듣지 않은 알도 있었는데, 그 알에서도 똑같은 특징을 보이는 새끼가 태어났다. 머리가 작고 스트레스 호르몬 수치가 높았으며 기민하게 달아났던 것이다.

어떻게 이런 일이 가능할까? 결론은 하나뿐이다. 위험 신호가 전달된 것이다. 어미 새의 경고를 들었던 알은 다른 알에게도 위험을 알렸다. 방법은 부르르 떠는 것이었다. 알 속의 새들은 몸을 떨어서 위험을 알렸다. 몸을 떨면서 "형, 누나 조심해. 밖에 밍크가 있대"라며 주의를 주었던 것이다.

아직 부화하지 않은 새끼와 엄마 새가 소통한다는 것은 놀랍다. 알 속의 새끼 새들이 형제자매에게 위험을 알리는 것도 신기하다. 가족은 본능적으로 서로를 지키려 애쓴다. 서로를 염려하고 할 수 있는 최선의 도움을 준다.

20세기 초 미국의 철학자이자 하버드대학 철학과 교수 조지 산타야나George Santayana는 "가족은 자연이 만든 하나의 걸작이다"라고 말했다. 모든 가족은 기적적인 걸작이다. 엄마와 아빠와 아이들이 서로 아끼고 염려하는 사람 가족도 걸작이다. 함께 사냥해서 나누어 먹고 서로 보살피는 사자 가족도 걸작이다. 걸작이 아닌 가족은 없다.

대왕고래는
-- 하루에 100킬로그램씩 --
자란다

사람은 자기중심적으로 생각한다. 코끼리나 버스가 크다고 하는 것은, 사람보다 크기 때문이다. 벌레가 작다고 하는 것도 사람보다 작아서다. 그런데 대왕고래 앞에서는 모두가 작다. 코끼리는 앙증맞고, 버스는 장난감에 불과하다. 인간은 곤충처럼 작다.

대왕고래는 지구에서 가장 큰 동물이다. 보통 27미터까지 자라고 무게는 130톤이 넘는다. 버스 두 대에 달하는 길이다. 그리고 아프리카 둥근귀 코끼리 30마리 이상의 체중이다. 심장은 700킬로그램으로 소형 자동차 크기며, 대동맥 안에서 어린아이가 헤엄을 칠 수 있을 정도다.

대왕고래의 입에는 사람이 100명 정도 들어갈 수

있지만, 다행스럽게도 대왕고래는 아주 작은 크릴을 먹고 산다. 대왕고래는 보통 하루 4톤을 먹어야 한다. 한 번 먹으면 위장에 1톤의 크릴이 들어간다.

대왕고래는 세상에서 가장 시끄러운 동물이다. 190데시벨의 소리를 지를 수 있다. 제트기가 140데시벨 수준의 소음을 내니까 대왕고래의 소음은 정말 어마어마하다. 또 대왕고래는 세상에서 가장 귀가 밝은 동물에 속한다. 1,600킬로미터 떨어진 곳에서 친구 소리를 듣는다. 서울에서 부산까지 거리의 5배다. 또는 한국에서 타이완까지 가는 거리와 비슷하다.

대왕고래의 육아도 규모가 어마어마하다. 임신 기간은 12개월인데 새끼가 태어날 때 길이가 벌써 8미터다. 태어나자마자 지구에서 가장 큰 동물에 속하게 된다. 새끼를 낳은 엄마 고래는 하루에 젖 200리터를 생산한다. 2리터 생수병에 넣은 우유를 100통이나 마시는 것이다. 새끼 고래는 그 많은 젖을 먹으면서 하루에 100킬로그램씩 자란다. 사람은 평생 동안 먹어도 몸무게가 100킬로그램이 넘을까 말까 하는데, 대왕고래는 하루에 그만큼 성장한다. 7~8개월 후 젖을 뗄 때 새끼 고래는 15미터 정도가 된다. 이렇게 무럭무럭 자라는 아기 동물은 세상에 없다.

인간이 지어 올리는 100층짜리 건물도 신기하지

만, 하루에 100킬로그램씩 자라는 생명은 더 신비하다. 초고층 건물은 수천 명이 달려들어서 짓지만 대왕고래 새끼는 혼자 알아서 무럭무럭 자란다.

걱정은 안 해도 된다

아픔을 잊어버리는 ──────── 방법

스웨덴에서는 헌혈을 하면 얼마 있다가 특별한 문자를 받는다. "당신의 혈액이 사용되었다"고 알리는 문자다. 혈액 사용 통지 문자는 2012년 살그렌스카 대학 병원에서 처음 시작되었고 2015년부터 스톡홀름의 블로드센트랄렌 혈액원에서도 시행하고 있다. 이런 문자를 받으면 헌혈자는 보람을 느낀다. 내 혈액이 누군가를 살렸다는 것을 알면 기분이 더 좋아질 수밖에 없다. 기회가 되면 또 헌혈을 해서 남을 돕고 싶을 것이다.

헌혈 말고도 남을 돕는 방법은 많다. 돈을 내거나 물품을 기부할 수 있고 시간과 노력을 쏟는 자원봉사 활동도 있다.

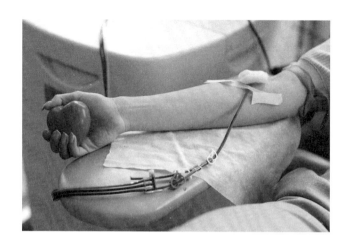

그런데 엄밀히 말해서 남을 돕는 것은 나를 돕는 일이다. 남을 도우면 나에게 더 큰 이득이 생긴다. 예를 들어 행복감, 자긍심, 보람 같은 좋은 감정을 느끼게 된다. 더 중요한 것이 있다. 내 마음의 병이 치료된다. 20세기 중반 미국 소설가 실비아 플라스Sylvia Plath가 말했다. "어려운 사람을 도우면 자기 생각을 너무 많이 하는 병을 치료할 수 있다."

우리가 마음의 병을 앓는 이유 중 하나는 자기 생각을 너무 많이 하기 때문이다. 자기 생각이 많으면 고통이 따른다. 예를 들어 "내가 잘될까?"라는 생각을 반복하는 사람은 불안감이 커진다. "나는 왜 이렇게 바보 같을까?"라며 자책하면 자신감을 잃게 된다. 또 "나에게 왜 이런 불행들이 일어날까?"라고 반복해서 물으면 자기 연민과 우울에 빠진다.

자기 생각을 줄여야 마음이 건강해진다. 어려운 사람들을 돕다 보면 자기 연민이나 자기 걱정이 별것 아니라는 것을 알게 된다. 자연히 자신에 대한 걱정이 줄어든다. 에이브러햄 링컨Abraham Lincoln이 말했다. "남의 아픈 마음을 달래주면 나의 아픔이 잊힌다."

나의 걱정과 아픔을 까맣게 잊어버리는 방법이 있다. 힘든 사람들을 돕는 순간 마음이 행복으로 가득 찬다. 아파하는 친구나 가족을 따뜻하게 보듬으면 나의 아픔도 치유된다. 내 마음을 고치는 일은 쉽다.

얄미운 사람에게서 - - - - - - - -

- - - - - - - - - - 나를 지킬 수 있다

얄미운 사람이 주변에 꼭 있다. 그런 사람은 행동이나 말
이 이상하게 싫고 밉다. 하지만 누군가를 미워하면 우리
마음이 악해진다. 그 사람이 불행해지기를 바라게 된다.
남의 불행을 기뻐하는 마음을 독일어로 '샤덴프로이데
schadenfreude'라고 한다. 동서양의 많은 사람이 경험하는 악
감정이다.

　타인의 불행을 즐기는 내 마음을 고치는 방법이
없을까. 미국 에머리대학 심리학과 교수 왕선성王申生이
2018년 연구를 통해 2가지 방법을 제안했다.

　첫 번째는 공감이다. 상대의 감정을 함께 느끼려고
노력하는 것이다. 가령 '불행을 겪은 저 사람의 마음이 얼

마나 아플까' 상상하는 것이다. 남의 감정에 공감하면 증오나 질투 등이 사그라든다.

두 번째는 상대를 인간으로 여기는 태도다. 상대가 평범하고 약한 인간에 불과하다고 생각하면 증오가 옅어진다. '다들 불쌍하고 불완전한 인간이다'라고 생각하는 것도 방법이다. 그 사람의 잘못을 악의 없는 실수로 이해하게 될 것이다. 무언가 사연이 있을 것이라고 생각하며 판단을 유예하는 것도 방법이다.

얄미운 사람이 주변에 한두 명은 있기 마련이지만 정말 미워해버리면 내 마음이 뒤틀려서 괴롭다. 명백히 내 손해다. 반대로 그를 공감하고 인간으로 이해하면 내 마음이 밝아진다. 남을 위해 착한 사람이 될 필요가 없다. 착한 마음은 내게 이롭다.

그런데 아무리 애를 써도 이해가 불가능한 사람이 있다. 왜 저런 소리를 하는지 알 수도 없고 또 알고 싶지도 않은 경우다. 정말 이해할 수 없다면 다른 방법이 있다. 관용이다. 다음은 영국의 철학자 버트런드 러셀Bertrand Russell 의 말이다.

"사랑은 현명하고 미움은 바보 같다. 갈수록 서로 가깝게 연결되는 이 세상에서 우리는 서로 관용하는 법을 배워야 한다. 어떤 사람은 내가 싫어하는 말을 한다. 그 현실을 참는 법을 배워야 한다. 그래야만 우리는 함께 살 수 있다."

도저히 이해할 수 없다면 달리 방법이 없다. 관용하고 인정해야 한다. 내가 싫은 사람이 세상에 존재할 수밖에 없다. 내버려두자. 포기하자. 포기가 마음의 평화에 이롭다.

괜찮아, - - - - - - - - - - - - -

- - - - - - - 눈치 보지 않아도

누군가 나를 지켜보고 있다는 생각에서 벗어나는 것은 참 어렵다. 거리나 지하철에서 타인의 시선이 와 닿는 느낌이 들 때가 있는데, 그것은 내가 타인의 시선을 의식하고 남 눈치를 본다는 이야기다. 아주 피곤한 일이다.

하지만 사람들은 나를 보지 않는다. 시선을 주변 사람에게 던지기는 한다. 지하철에서 서로 눈이 마주칠 때도 있다. 그러나 신경 쓸 것 없다. 사람들은 웬만하면 서로를 유심히 보지 않는다. 나를 열심히 관찰하는 사람은 없다고 믿으며 살아도 된다.

1998년 하버드대학의 대니얼 사이먼스Daniel Simons 등이 진행했던 실험이 유명하다. 실험의 시작은 어떤 사람

(A)이 행인을 붙잡고 길을 물어보는 것이다. 행인이 길을 설명하는 도중에 인부 둘이서 큰 판을 들고 질문하던 사람 (A)과 행인 사이를 지나갔다. 그 짧은 순간 질문하던 사람 (A)은 키나 체형이나 차림새가 전혀 다른 사람(B)으로 바뀐다.

길을 가르쳐 주던 행인은 대화하던 사람이 바뀐 것을 알아차릴까? 당연히 알 거라고 생각할 것이다. 방금까지 대화를 주고받던 사람인데 어떻게 모를 수 있을까? 하지만 실험 결과 행인의 절반 정도만 사람이 바뀐 것을 알아챘다. 나머지 절반은 사람이 바뀌었다는 것을 몰랐다. 실험의 결론은 단순 명쾌하다. 사람은 다른 사람을 보지 않는다. 유심히 보는 것이 아니라 건성으로 바라본다.

남의 시선이 피곤하다면 안심해도 된다. 내 걸음걸이나 옷차림이나 외모가 다른 사람들의 시선을 끌지 않는다. 남의 시선을 신경 쓰면서 살 이유가 없다. 피해를 일으키지 않는 한에서 멋대로 입고 걷고 행동해도 상관없다. 얼마나 다행인가. 나는 투명인간이다. 사람들은 자기 문제에 바빠서 나를 못 본다. 그것을 알고 나면 삶이 편해진다. 남의 시선은 잊어도 괜찮다.

약점이 있어서 - - - - - - - - - -

- - - - - - - - - - - - - 더 멋있다

"나는 성격이 못됐어", "나는 책 읽는 걸 싫어해", "가끔 거짓말도 해"라고 솔직하게 말하는 사람은 드물다. 가까운 친구에게는 슬쩍 털어놓겠지만 거리감이 있는 학교 친구나 직장 동료에게는 절대 말하지 않는다. 사람은 자신의 약점을 숨기고 산다. 좋은 평판을 유지하고 싶어서다. 뒤집어서 말하면 겁이 나기 때문이다. 혹시 누가 나를 우습게 보거나 나쁘게 생각하면 어떡하나 두려운 것이다. 그런데 숨길수록 마음이 무거워진다. 비밀이 많을수록 마음의 괴로움은 커진다. 미국 작가 마야 앤절루Maya Angelou가 말했다. "말 못한 이야기보다 큰 고통은 없다."

손해를 안 보려고 숨기는 것인데 숨길수록 힘들어

진다. 생각을 바꾸어보자. 숨길 필요가 없다. 이것저것 시원하게 공개해도 문제가 생기지 않는다. 오히려 관계가 좋아지고 내 마음도 화창해진다.

　　우울증, 열등감, 실수, 연애 실패담 등을 털어놓으면 어떤 일이 벌어질까? 사람들은 보통 나쁜 결과가 나올까 걱정한다. 동료들이 자신을 우습게 생각하거나 나 몰래 모여서 수군거릴까 두려워한다. 미국의 심리학자로 라이스대학 교수인 이든 킹Eden King이 2019년 직장인을 대상으로 숨기고 있던 사실을 털어놓는 실험을 했다. 비밀을 터놓고 공개하자 우려와는 다른 결과가 나타났다. 동료들과 사이가 좋아진 것이다. 더 친절하게 대해주기도 했다. 솔

직하고 당당한 인상을 주어서 그럴 것이다.

비밀 공개를 하면 나에게도 이롭다. 무엇보다도 행복 지수가 높아진다. 들키면 어쩌나 하는 불안감이 사라졌으니 행복해지는 것이다. 아울러 직업 만족도가 올라가고 일에 대한 책임감도 높아진다. 비밀 공개는 내 마음속에서 쇳덩어리를 꺼내서 버리는 일이다.

하지만 못된 사람이나 비겁한 사람에게는 조심해야 한다. 말하더라도 모든 비밀을 털어놓을 수는 없다. 어른이라면 진짜 비밀이 한두 가지씩 있을 수 있다. 괜찮겠다 싶은 비밀들을 골라서 괜찮겠다 싶은 사람들에게 공개하면 삶이 훨씬 쾌적해진다.

좀 비관적이어도 --------

-------------- 괜찮다

"나는 왜 낙관적이지 않을까." 낙관적인 태도는 혈압을 낮추고 행복을 준다고 한다. 또 외로움과 불안과 우울증을 줄여준다고도 한다. 하지만 다 알면서도 낙관적이 되기 힘들다는 사람들이 있다. 많은 비관주의자가 낙관적 태도를 가져보려고 애를 쓴다.

그런데 비관적인 것이 꼭 나쁘지만은 않다. 우선 안전할 확률이 높다. 캐나다 교육자 로런스 피터Laurence Peter는 "비관주의자는 길을 건널 때 양쪽 모두를 살피는 사람이다"라고 했고, 미국 작가 리사 클레이패스Lisa Kleypas는 "배를 탈 때 항상 구명조끼를 챙겨오는 게 비관주의자다"라고 했다. 나쁜 일이 생기는 것을 걱정하는 비관주의자가 더 안전하게 살 수 있다는 것이다.

반면 지나친 낙관주의는 위험하다. '괜찮겠지'라는 생각에 젖어 사는 사람들의 삶은 위태롭다. 술이나 담배를 끊을 생각을 하지 않는다. 괜찮을 거라고 믿기 때문이다. 고도비만인 경우도 적지 않으며 원치 않는 임신을 하는 사례도 있다고 한다. 또 높은 곳에 오르거나 과속 운전을 하는 등 위험한 행동을 대범하게 저질러 젊은 나이에 생을 마감한다. 요약하자면 낙관주의자는 위험한 삶을 살 가능성이 높다.

낙관주의자의 또 다른 단점이 있다. 자기 계발을 게을리할 가능성이 높다. 자신의 결점을 극복하거나 새로운 삶에 도전하려는 의욕이 약하기 때문이다. 현재처럼 살아도 행복할 수 있다는 믿음이 있으니 발전을 시도할 이유가 없는 것이다. 비관주의자들은 '이대로 살면 나중에 망한다'라는 생각을 한다. 불안하고 조바심이 날 수밖에 없다. 자신을 다그치고 비난하게 된다. 부작용도 있지만 좋은 작용도 한다. 새로운 삶을 개척하는 동력이 사실은 비관주의에서 생겨난다는 것이 많은 심리학자의 설명이다. 적당히 비관적인 것도 괜찮다. "나는 너무 비관적이야"라고 한탄할 이유가 없다. 비관적인 삶의 태도가 안전이나 발전 등 이득을 가져다준다.

그런데 중요한 사실이 하나 있다. 나이 들면 비관적으로 변하는 것이 자연스럽다. 마크 트웨인Mark Twain의 말이다. "48세 전에 비관적인 사람은 너무 많이 아는 것이며 48세가 넘어도 낙관적인 사람은 너무 모르는 것이다."

50세 가까이 되면 세상과 인생이 마음대로 안 된다는 것을 알게 된다. 삶에서 얻은 지식 덕분에 비관적으로 변하는 것이다. 늙어서도 꿈은 이루어진다고 낙관한다면 옆에서 지켜보는 사람이 슬프다. 적당히 비관적인 편이 지혜롭다.

낙관적으로 사는 것도 괜찮고 비관적 태도도 나쁘지 않다. 적당한 비율로 섞어서 가끔 낙관하고 때로는 비관하면서 지내는 것이 인간적인 삶이다. 비관은 우리를 해치지 않는다. 우리의 감정은 무엇 하나 빼놓을 것 없이 우리를 돕고 있다.

걱정은 안 해도 된다

97

나를 자랑스러워해야 -------

------------- 하는 이유

사회적으로 성공하면 생명력이 강해진다. 더욱 강하고 활기차게 오래 사는 것이다. 캐나다 토론토대학 교수 도널드 레들마이어Donald Redelmeier의 주장이다. 그는 아카데미상을 받은 배우들의 수명을 조사했다. 또 후보에 올랐다가 상을 못 받은 배우들의 사망 나이도 살펴보았다.

차이가 확연했다. 아카데미상을 받은 배우가 4년 더 살았다. 상을 여러 번 받은 배우는 수명이 더 길었다. 6년까지 오래 산 것으로 나타났다. 아카데미 수상자들은 암이나 심장병 등의 발병 시점이 늦었고 병에 걸려도 더 오래 투병했다고 한다. 이렇게 해서 아카데미상이 생명력을 강하게 했다는 논리가 성립된다.

연구자에 따르면 아카데미 수상자들은 활력 넘치는 생활을 했다. 또 잘 먹고 잘 자는 건강한 라이프 스타일을 유지하려고 신경을 쓰며 살았다. 그런 습성이 장수를 가능하게 했다. 수상자들이 좋은 삶을 살 수 있었던 것은 무슨 이유일까?

답은 자긍심이다. '나는 유능하며 가치 있는 사람'이라는 믿음이 건강한 삶과 장수를 가능하게 한다는 것이 연구자의 설명이다. 아카데미상을 받고 난 후 자신을 긍정하게 되었고 그 결과 삶의 질도 따라서 좋아졌던 것이다.

자기 긍지를 가진 사람은 건강하고 활기 넘치는 삶을 오래 지속할 수 있다. 반대로 '나 같은 게 무슨 가치가 있겠어?'라고 생각하는 사람은 자긍심이 없다. 생각 없이 막 살게 된다. 건강을 챙기지 않을 것이며 미래의 희망을 생각하지 않을 것이다. 자긍심 결핍은 피폐한 삶으로 이어진다. 건강이 좋아질 리 없다. 몸이 약해지고 병에 걸려도 제대로 싸우지 못할 것이다.

나는 자랑할 만한가? 아니면 부끄러운가? 자랑스러운 존재라고 믿는 게 유익하다. 뚜렷한 근거가 있으면 좋겠지만 없어도 괜찮다. 내가 가치 있는 사람이라고 믿어야 삶이 건강하고 수명도 길어진다.

후회할 일이 있어서 - - - - - - -

- - - - - - - - - - - - 다행이다

사람은 언제부터 늙는 것일까? 20세기 초반 미국의 영화 배우인 존 배리모어John Barrymore가 답한다. "꿈의 자리를 후회가 차지할 때까지 인간은 늙지 않는다." 꿈이 많으면 아직 청춘이라는 말이다. 반대로 꿈이 점점 사라지고 후회가 많은 사람은 노쇠한 사람이다. 후회를 자주 한다면 그만큼 늙었다는 증거다.

더 큰 문제가 있다. 후회가 고통과 불행의 원천이라는 사실이다. 인간의 말 중에서 가장 아픈 것은 '그랬어야 했는데'다. 과거에 하지 않은 일을 가슴 아파하면서 하는 말이다. 그렇게 후회해보아야 아무 소용이 없다. 자신만 미워지고 삶의 의욕도 꺾일 뿐이다. 과거 일을 후회하

101

면 불행해지고 만다.

그렇게 나쁘다면 후회를 피해야 한다. 후회를 한다는 것은 바보짓이고 자학이 분명하다. 그런데 이상하지 않은가? 후회를 안 하는 사람이 없다. 거의 모든 사람이 후회하면서 살아간다. 후회가 독성 물질처럼 해롭기만 하다면 사람들은 절대로 후회하지 않을 것이다.

그렇다면 슬픔이 그렇듯이 후회도 긍정적인 역할을 하는 것이 아닐까? 신경 경제학자로 서던캘리포니아대학 교수 조르조 코리첼리Giorgio Coricelli는 2009년 발표한 논문에서 후회를 긍정적으로 평가했다. 후회는 더 합리적으로 행동하도록 우리를 가르친다는 것이다. 같은 잘못을 반복하지 않도록 야단치고 주의를 주며 때로는 고통도 주는 역할을 하는 것이 후회다. 후회 덕분에 우리는 과거의 잘못을 고칠 수 있다. 그렇게 보면 후회는 유익한 감정인 것이다. 가끔 후회하는 것은 나쁠 것이 없다.

미국 사상가 헨리 데이비드 소로Henry David Thoreau도 후회를 높이 평가했다. 소로는 "깊이 후회하면 새롭게 살게 된다"고 일기에 썼다. 이해가 되는 말이다. 가슴 터지도록 후회하고 슬퍼하고 괴로워하면, 새로운 길이 보일 것이다. 이때 후회는 새로운 삶의 가이드 같은 역할을 한다.

후회를 안 하면 좋겠지만 후회 없는 삶은 불가능하다. 후회는 피하지 못하는 감정이다. 또 괴롭지만 유익하기도 하다. 후회의 노예만 되지 않는다면 후회 덕분에 우리는 성장하고 새롭게 태어날 수 있다. 인간의 감정 중에는 버릴 게 없다. 우리 마음속에 후회라는 보석이 있어서 다행이다.

행복은 어렵지 않다

걷는 동안 --------------

-------- **마음이 되살아난다**

마음의 에너지가 완전히 소진되는 때가 있다. 집중력을 잃고 창의력도 온데간데없고 기분도 침몰하듯 가라앉는다. 이럴 때 문제를 일거에 해결하는 간편한 방법이 있다. 바로 걷기다. 10분만 걸으면 집중력이 올라가고 창의력도 상승한다. 또 가라앉은 기분이 다시 떠오른다. 걷기에는 굉장한 행복 효과가 있다.

미국의 심리학자로 아이오와주립대학 교수 즐라탄 크리잰Zlatan Krizan이 2016년에 걷기의 기분 전환 효과를 연구해 발표했다. 수백 명의 사람을 대상으로 실험을 진행했는데 오래 걸을 필요도 없었다. 12분 동안 걸었더니 집중력이 되살아나고 마음이 명랑해졌다. 활력을 되찾았다고 답한 사람도 있었다. 아울러 자신감도 상승했다. 짧은 걷기가 쪼그라들었던 마음을 간단히 되살려놓는다.

걷기의 이점은 더 있는데 창의력을 높인다는 사실이 주목을 끈다. 2014년 미국 스탠퍼드 교육대학원 교수 대니얼 슈워츠Daniel Schwartz가 주장한 바에 따르면, 걸어 다니면 창의력이 평균 60퍼센트 높아진다. 역시 오래 걸을 필요 없었다. 실험 대상자들은 5분에서 16분 정도를 걸었을 뿐이다.

애플의 창업자 스티브 잡스는 걸어 다니면서 회의를 했던 것으로 유명하다. 걷기는 생각의 폭을 넓혀 여러 가지 해결책을 찾게 한다. 걷는 사람의 뇌에서 창의적인 방안이 나올 가능성이 높아진다.

걷는 방법은 두 가지다. 혼자 걸을 수도 있고 친구와 함께여도 좋다. 혼자 걸으면 사색이 깊어진다. 홀로 자신의 마음을 대면하고 치유하게 된다. 친구와 함께 걸으면 마음이 밝아진다. 수다를 떨다보면 왜 의욕을 잃고 불쾌했었는지 까맣게 잊게 될 것이다.

따뜻한 커피 한잔에 --------

-------- 마음이 포근해진다

마음이 쓸쓸하거나 우울할 때는 어떻게 해야 할까? 따뜻한 커피나 차를 마시는 것도 좋은 방법이다. 커피의 온기 덕분에 마음이 따뜻해진다.

어릴 때 엄마나 아빠가 안아주면 따뜻함이 전해져 왔던 것이 어렴풋하게나마 기억날 것이다. 엄마 아빠의 따뜻한 체온은 마음속으로 스며들어 따뜻하게 해준다. 물리적 온기가 심리적 온기로 전환되는 것이다. 커피도 비슷하게 마음을 데워준다.

미국의 심리학자로 콜로라도대학의 교수 로런스 E. 윌리엄스Lawrence E. Williams가 2008년에 재미있는 연구를 했다. 사람들에게 커피 잔을 잠시 들고 있어 달라는 부탁

을 했는데, 차가운 커피와 뜨거운 커피 두 종류가 있었다. 이어서 커피 잔을 들어주었던 사람에게 커피 잔을 맡긴 사람의 성격이 어떨 것 같은지 말해달라고 했다. 결과가 재미있다. 따뜻한 커피 잔을 쥐었던 이들은 부탁한 사람의 성격이 따뜻하고 친절해 보였다고 답했다. 차가운 커피 잔을 들었던 사람보다 훨씬 관대하고 우호적인 평가를 내렸다. 따뜻한 커피를 손에 쥐고 있으면 마음도 따뜻해져서 다른 사람을 좋게 본다는 말이 된다.

쌀쌀할 때 따뜻한 커피를 마시는 것은 몸을 데우기 위해서만은 아니다. 따뜻한 커피는 마음을 따뜻하게 해준다. 어디 커피만 그럴까. 누군가의 다사로운 손길도 행

109

복을 준다. 따스한 말도 따뜻한 커피 이상의 위로가 된다. 미소 역시 마찬가지다. 우리 마음을 데워줄 것이 세상에는 이렇게 많다.

　　커피에 관한 또 다른 흥미로운 실험 결과가 있다. 머그잔의 색깔이 커피 맛에 영향을 끼친다는 사실이다. 2014년 옥스퍼드대학의 심리학자 찰스 스펜스Charles Spence 가 발표한 논문을 보면, 하얀색 머그잔으로 마시면 같은 커피도 풍미가 아주 강하게 느껴진다. 강한 맛을 느끼고 싶은 날에는 하얀색 잔을 택하면 된다. 파란색은 맛의 강도가 중간이고 투명한 잔은 맛이 가장 약했다. 달콤함 정도도 잔의 색에 따라 달랐다. 같은 커피라도 더욱 달콤하게 느끼고 싶다면 파란색이나 투명한 머그잔에 마시면 된다. 하얀색 잔은 실제보다 덜 달게 느껴지게 한다. 커피 잔의 온도가 사람 마음을 움직이는 것처럼, 커피 잔의 색깔도 미각에 영향을 끼친다.

꽃향기를 맡으면 - - - - - - - - - - - - - -

- - - - - - - - - - - - 행복해진다

양초, 과일 바구니, 꽃다발 중에 무엇을 받으면 가장 행복할까? 문화권이나 개인 취향에 따라 다르겠지만 실험 결과에서는 꽃다발이 가장 기쁜 선물로 나타났다. 선물을 받으면 속으로는 실망했어도 겉으로는 기쁜 연기를 하게 된다. 양초와 과일을 선물 받은 사람들은 어색하게 웃으며 행복한 척 연기했다고 한다. 반면 꽃다발을 받았을 때는 진심 어린 미소를 짓는 사람이 많았다고 한다. 진심 어린 미소가 되려면 입, 뺨, 눈이 조화를 이루면서 자연스럽게 움직여야 한다.

진심 어린 미소를 유발한 것은 꽃다발에서 풍겨 나오는 꽃향기다. 꽃향기를 맡으면 반사적으로 미소를 짓게 된다. 행복해졌다는 증거다. 연구팀에 따르면 꽃향기가 행복의 가능성을 3배 높여준다. 미국 럿거즈대학의 유전학자 테리 맥과이어Terry McGuire 박사의 연구 결과다.

꽃의 종류에 따라 심리에 미치는 영향이 조금씩 다르다고 한다. 긴장을 풀면서 편안해지도록 돕는 것은 장미 향기다. 가시 있는 장미가 마음에서 가시를 빼주는 셈이다. 라벤더나 재스민은 불안감을 해소시켜서 처진 기분을 다시 띄워준다.

꼭 꽃다발을 받아야만 하는 것은 아니다. 꽃이 피어 있는 자연으로 나가도 행복해진다. 누구나 체험으로 안다. 사람은 자연 속에서 더욱 행복해진다. 그런데 아주 구체적인 연구를 한 과학자도 있다. 영국 서섹스대학 지리환경학과 조지 매케런George MacKerron 교수는 날씨가 따뜻한 날에 강가나 바닷가에 가면 행복 수준이 가장 높아진다고 했다.

기분이 가라앉은 날에는 꽃향기만 맡아도 행복이 다시 피어난다. 따뜻한 날 강변 산책을 해도 행복해진다. 둘은 합치면 행복은 더 커질 것이다. 꽃구경도 하고 꽃향기도 맡으면서 햇살 좋은 강가를 걷는 것이 가장 완벽한 산책이다.

추억의 사진이 ----------

---------- 소중한 이유

요즘은 스마트폰으로 사진을 많이 찍는다. 찍은 사진은 스마트폰의 내장 메모리나 클라우드에 얼마든지 저장할 수 있다. 인류 역사상 이렇게 사진을 많이 찍고 보관하는 세대는 없었다. 사진이 많은 덕분에 현대인은 행복하다. 옛날 사진이 행복 지수를 높여주기 때문이다.

초콜릿과 와인과 옛날 사진 중에 어느 것이 사람 마음을 더 따뜻하고 편안하게 해줄까? 영국 심리학자 피터 내시Peter Naish 박사의 연구에 따르면, 초콜릿이나 와인보다 옛날 사진의 행복 효과가 높았다.

우선 사진을 보면 기분이 좋아진다. 초콜릿, 음악, TV, 술 등도 기분을 좋게 해주지만 사진이 10배 정도 효과

113

가 높다. 두 번째로 옛날 사진은 긴장을 풀어준다. 와인이나 초콜릿도 긴장 이완 효과가 있는데 측정해보니 와인은 14퍼센트, 초콜릿은 8퍼센트였다. 사진 앨범은 22퍼센트였다.

옛날 사진이 기분을 좋고 편안하게 만든다는 말이다. 옛날 사진을 보면 저절로 미소가 떠오르고 마음이 따뜻해진 경험이 누구나 있을 것이다. 어린 시절 나의 모습 또는 사랑하는 아이의 어렸을 때 모습은 마음을 아련하게 한다. 사랑의 추억이 담긴 사진은 슬프면서도 감동적이다.

사진의 행복 효과는 어떻게 설명할 수 있을까? 사진의 현실 대체 능력 때문일 것이다. 우리 마음속에서 사진은 현실을 대신한다. 돌아가신 엄마 사진을 보면 실제로 눈앞에 엄마가 있는 듯 착각하게 된다. 스마트폰 배경 화면의 연인 사진도 비슷한 효과를 낸다. 여행 사진을 보면 과거 여행지로 다시 걸어 들어가는 느낌이 든다. 사진은 과거의 시공간을 압축해서 저장해놓은 것이고, 사진을 보는 순간 그 시공간이 눈앞에 잠시 펼쳐지는 것이다. 시간은 빠르게 흐른다. 사진을 촬영해두면 순식간에 지나간 과거를 다시 소환할 수 있어서 좋다.

웃음은 ----------------

---------- 가짜여도 괜찮다

가짜 미소는 힘들다. 돈을 벌기 위해서 또는 누군가 시켜서 어쩔 수 없이 미소 짓는 것은 아주 괴로운 일이다. 그렇게 강요받는 가짜 미소는 고역이지만 내가 자의로 선택한 가짜 미소는 이롭다. 내게 행복을 가져다줄 수도 있다.

가짜 미소를 지어보자. 정말로 웃을 때처럼 입꼬리를 올리는 것이다. 눈도 가늘어지게 한다. 그러면 신기한 일이 일어난다. 뜻밖에도 가짜 미소가 나를 편안하고 기분 좋게 해준다. 뇌가 가짜 미소에 속은 결과다.

미국의 심리학자로 캔자스대학 교수 세라 프레스먼Sarah Pressman이 2012년 연구로 밝혀낸 사실이다. 연구팀은 무표정한 사람과 가짜 미소를 짓는 사람들의 심장 박동을 비교했다. 억지 미소라도 짓는 사람은 심장 박동이 느려졌다. 혈압이 낮아지는 결과도 있었다.

왜 그렇게 될까? 가짜 미소를 지으면 뇌가 착각하기 때문이다. 나에게 좋은 일이 일어났다고 판단하는 것이다. 속아버린 뇌는 심장과 혈압을 안정시킨다. 안정화되었다는 것은 강하다는 뜻이다. 미소는 사람을 강하게 만든다. 스트레스가 밀려와도 씩 미소를 지으면 버틸 힘이 솟는다. 나쁜 일 앞에서도 웃을 수 있는 사람이 바위처럼 강한 사람이다.

미소가 내게만 유익한 것은 아니다. 주변 사람들은 내 미소 덕분에 어둠에서 벗어날 수 있다. 미국의 작가 데일 카네기Dale Carnegie가 말했다. "당신의 미소는 보는 사람들의 삶을 밝게 한다.······당신의 미소는 구름 사이에서 비치는 햇빛과 같다."

진짜 미소면 더할 나위가 없겠지만 웃을 일은 많지 않다. 가짜 미소라도 짓는 것이 낫다. 미소가 나를 강하고 행복하게 만든다. 내 미소는 주변 사람들도 감동시킨다. 억지로라도 웃어보자. 금방 마음이 좋아진다. 웃을 일이 없어도 웃으면 행복해진다. 참 이상하고도 신기한 이치다.

눈물은 우리를 다시 --------

----------- 행복하게 한다

아무리 막으려 애써도 터지듯 흘러나오는 것이 눈물이다. 기를 쓰고 참아도 소용없다. 그런데 제멋대로인 눈물이 수호천사가 되기도 한다. 니혼의과대학의 우미하라 준코海原純子 교수는 "울음은 쌓이는 스트레스에 맞선 자기 방어 행위"라고 말했다. 스트레스가 누적되어 내가 견딜 수 없으면 눈물이 구급 대원처럼 출동해 스트레스를 씻어내고 내 마음을 보호한다는 것이다.

교황 요한 바오로 2세도 비슷한 말을 했다. "화내는 것보다는 우는 게 낫습니다. 왜냐하면 화는 다른 사람에게 상처를 주지만 눈물은 조용히 흘러서 마음을 깨끗이 해주기 때문이죠."

분노하고 소리치면 타인만 다치는 것이 아니다. 내 아픔도 커진다. 분노는 자책과 후회로 이어지기 때문이다. 그런데 눈물은 다르다. 남을 해치지 않고 내 마음을 치유해준다. 조용한 울음이 벼락같은 분노보다 강하다.

눈물은 용기와 힘도 솟게 한다. 미국의 정신과 의사 주디스 올로프Judith Orloff는 눈물이 슬픔과 피로감을 앗아간다고 말한다. 올로프는 환자들에게 참지 말고 자주 울라고 주문하는데, 울음을 터뜨린 환자의 마음은 금방 활력을 얻는다고 한다. 눈물을 흘리는 사람은 약해지는 것이 아니라 용기와 힘을 되찾는다.

눈물이 우리를 다시 행복하게 한다. 우리는 우는 동안 스트레스가 씻기고 상처가 치유되며 용기를 되찾을 준비를 하게 된다. 지금 울고 있다면 웃음이 곧 찾아온다는 뜻이다. 울음은 아주 좋은 것이다. 슬픔은 사람을 파괴하지 못한다.

재채기의

기쁨

인생의 위기란 이런 것이다. 커피가 가득 든 컵을 들고 걸어가는데 재채기가 나려고 한다. 재채기를 하는 순간 뜨거운 커피가 쏟아질 것이다. 소개팅 상대와 밥을 먹는데 재채기가 나오려고 한다. 나는 바보 같은 표정을 짓게 될 것이다.

콧속이 못 견디게 간질간질할 때가 있다. 고개가 뒤로 젖혀지면서 눈을 감고 입을 벌리게 된다. 1초 정도 얼어붙었다가 "에취!" 소리를 내면서 입에서 공기를 뿜어낸다. 재채기의 과정이다. 재채기를 하면 간질거리는 느낌이 없어져 시원해진다. 재체기는 먼지나 꽃가루 등이 코와 목의 점막을 자극하기 때문에 나온다.

그런데 재채기를 하면 쾌락 호르몬이라 불리는 엔도르핀이 분비된다. 그 때문에 재채기를 하면 신나는 일이 생긴 듯 짜릿하고 에너지가 넘치게 된다. 미국의 가수 스테판 젱킨스Stephan Jenkins는 재채기를 특별히 찬양하는 사람이다. "재채기와 노을 보기를 제외하면 음악만이 세속적 세상 너머로 당신을 데려간다. 나머지는 다 엉터리다."

음악을 들으면 우리의 마음은 딴 세상으로 빠져든다. 해가 지는 광경을 보아도 마음이 아름다운 곳을 여행한다. 재채기도 비슷하다. 엔도르핀 때문이건 아니면 콧속을 간질이던 것을 제거했기 때문이건 재채기를 하면 시원하고 상쾌하다. 다만 사람들이 많은 곳에서는 눈치가 보인다. 재채기를 할 때는 매너를 지켜야 한다.

눈치 안 보는 재채기도 있다. 마음의 재채기는 언제든 마음껏 해도 된다. 잡념, 미움, 자책, 두려움 같은 마음에 들어온 이물질과 불순물은 자주 뱉어내야 한다. 이유를 묻지 말고 재채기하듯 날려버리면 곧 편안하고 행복한 새 세상에 가게 된다. 음악을 듣고 노을을 보는 것과 비슷한 효과를 얻는 것이다. 재채기는 마음을 리부팅해주는 유용한 비밀 무기다.

감동하면 - - - - - - - - - - - -

- - - - - - - - - - - - 건강해진다

아름다운 자연 풍경 앞에서는 저절로 탄성이 나온다. 산 정상에서 새벽의 빨간 일출을 보면 저절로 감동하게 된다. 예쁜 그림이나 꽃을 봐도 감동이 느껴진다. 감동해서 탄성을 지르는 순간 마음이 시원해진다. 생활하면서 쌓인 걱정이나 슬픔이 사라져버리는 것이다. 그렇게 마음이 좋아지기 때문에 우리는 산에 가고 전시회를 찾는다.

감동은 마음뿐 아니라 몸에도 좋다. 감동을 많이 느끼는 사람은 건강해지고 암에도 덜 걸린다. 미국의 과학자로 UC버클리의 에이미 고든Amie Gordon 박사가 2015년 진행한 연구에 따르면, 암과 같은 질병을 일으키고 우울증의 원인이 되는 염증 유발 사이토카인을 줄이는 것이 바로 감동이다.

감동을 얻으려면 자연을 찾는 것이 가장 좋다. 압도적으로 웅장한 풍경이 아니어도 좋다. 꽃과 나비와 바람 등 작은 자연의 일부도 우리에게 깊은 감동을 준다. 숲 대신에 미술관에 갈 수도 있다. 예술 작품은 감동을 일으킨다. 아름다운 음악에 빠져들 때도 감동을 느끼게 되고, 종교 활동도 경이와 감동을 준다. 책 한 권이 강렬한 감동을 주기도 한다.

그런 다양한 감동이 우리의 몸과 마음에 긍정적인 영향을 끼친다. 감동은 마음을 풍요롭게 하고 생명을 강하게 만들어준다. 뒤집어서 말할 수도 있다. 몸을 해치는 암과 마음에 치명적인 우울증을 예방하는 힘이 바로 감동이다. 감동이 많은 삶을 살자. 몸과 마음이 건강해질 것이다.

기대감이 우리를 - - - - - - - - -

- - - - - - - - - - 행복하게 한다

기대는 정말로 행복의 적일까? "기대하지 않을수록 인생이 평화롭다"거나 "사람에게 기대하지 말아야 실망도 적다"고 조언하는 이가 적지 않다. 그러나 꼭 맞는 말은 아니다. 사실 기대는 좋은 것이다. 없어서는 안 되는 행복의 필수 조건이다.

여행을 생각해보자. 지긋지긋한 직장에 매여 있던 사람이 휴가를 보내고 회사로 복귀했다. 그 사람은 행복할까? 충전된 배터리처럼 마음이 행복감으로 가득할까, 아니면 기대감을 갖고 여행 계획을 세우던 때가 더 행복할까? 2010년 네덜란드의 브레다응용과학대학의 연구원 예룬 나베인Jeroen Nawijn이 이 문제를 연구했다.

연구 결과는 뜻밖이었다. 여행 계획을 세우는 동안 높은 행복감이 8주 동안 지속되었다. 그런데 여행을 다녀온 직후에는 행복감이 평소 수준으로 뚝 떨어졌다. 여행지에서 스트레스를 받은 사람은 물론이고, 여행이 아주 편하고 즐거웠다고 답한 사람도 같았다. 여행이 끝나면 행복도 곧 끝나버린다. 아무리 만족스러운 여행이라도 곧 잊힌다. 오래 행복했던 것은 여행을 계획하는 동안이었다.

8주, 무려 2달 동안 행복과 기쁨을 선사한 것은 여행에 대한 기대감이었다. 여행지를 고르고 계획을 세우는 동안 느낀 기대감이 직장인들을 행복하게 했다.

기대는 행복의 조건이다. 기대가 우리를 불행하게 만들 때도 있지만 나쁜 것은 지나치거나 사리에 맞지 않거나 이기적인 기대다. 적당한 수준의 기대는 좋은 것이다. 실망할까봐 기대하지 않겠다는 사람은 사실 겁쟁이다. 실망할까봐 무서운 것이다. 기대를 품을 용기가 있어야 삶이 더욱 신난다.

소소한 행복이

진짜 행복이다

사람이 얼마나 행복할지 결정하는 변수는 3가지다. 개인의 의지, 환경, 유전이다. 어떤 마음을 먹고 어떻게 노력할지 다짐하는 것이 개인의 의지다. 이런 의지는 당연히 행복 여부를 좌우한다. 나를 둘러싼 환경도 행복감을 좌우한다. 내가 어떤 기질을 유전받았느냐도 중요한 변수다.

이 3가지 중에서 가장 힘이 센 것은 유전이다. 유전이 인간의 행불행을 결정하는 비중은 50퍼센트나 된다. 나머지 50퍼센트는 개인 의지와 환경 몫이다. 미국 미네소타대학의 행동유전학자 데이비드 리컨David Likken 교수는 쌍둥이 1,300쌍을 연구한 후 사람이 행복한 삶을 살지 불행한 삶을 살지는 태어날 때 절반 정도 결정된다는 결론을

내렸다.

　그런데 리컨 교수는 유전적 한계나 환경의 제약을 넘어서서 최대한 행복해지는 방법이 있다는 조언을 덧붙였다. 그것은 소소한 즐거움을 추구하는 습관이다. 작은 즐거움을 자주 느끼면 행복해진다고 한다. "만족감은 작은 것들에서 와요. 행복한 작은 일들을 계속하면 유전이 정해놓은 점수를 뛰어넘을 수 있어요. 좋은 식사를 하고 마당에서 일하고 친구들과 시간을 보내는 겁니다." 자신에게 만족감을 주는 사소한 일을 자주 행하자. 행복감을 높이는 제일 쉽고도 효과적인 방법이다.

　미국의 동화 작가 샤론 드레이퍼Sharon Draper가 같은 의미의 말을 남겼다. "완벽한 행복은 아름다운 석양이고, 손주들의 낄낄 웃음이며, 첫눈이에요. 행복한 순간을 만드는 것은 작은 일들이지, 큰 사건이 아닙니다. 벌컥 벌컥 들이켜지 말고 한 모금씩 마셔야 기쁨을 느끼게 됩니다."

오늘 행복하고 싶다면 작은 일을 찾아야 한다. 거대한 성공, 완벽한 결혼, 자랑스러운 합격도 좋지만, 훨씬 작으면서 좋은 일이 있을 것이다. 즐거운 전화 통화, 재미있는 텔레비전 프로그램, 한 모금씩 마시는 음료수 등이다. 큰 것은 가짜다. 속지 말자. 사소한 것들이 우리를 행복하게 만드는 진정한 친구들이다. 그런 좋은 친구들이 우리 주변에 많은 것이 참 다행이다.

함께 보낸 시간만큼 - - - - - - -

- - - - - - - - - - - - 소중해진다

친밀도에 따라 친구를 3종류로 나눌 수 있다. 그저 아는 친구, 가까운 친구, 진정한 친구다. 회사나 학교에서 웃으며 인사하지만 그 사람이 무엇을 좋아하고 싫어하는지 모르고 알아야 한다는 의무감도 없는 사이는 그저 아는 친구다. 가까운 친구는 자주 만나 놀고 대화하는 사이다. 무엇을 좋아하고 싫어하는지 취향을 안다. 하지만 요즘 어떤 슬픔에 빠져 있고 무엇 때문에 괴로운지는 모른다. 가까운 친구는 깊은 마음을 숨긴다. 진정한 친구는 다르다. 마음 속의 슬픔과 기쁨을 모두 말하고 나눈다.

진정한 친구 한 명을 두는 것은 아주 어려운 일이다. 노력이나 정성도 많이 쏟아야 하지만 무엇보다 시간이 많이 걸린다. 2018년 미국의 커뮤니케이션 이론가로 캔자스대학 교수인 제프리 홀Jeffrey Hall은 대학생을 대상으로 친구를 만드는 데 걸리는 시간을 연구했다. 친밀도에 따라 투여된 시간의 길이가 많이 달랐다.

그저 아는 친구가 되려면 40~60시간을 함께 보내면 된다. 80~100시간 동안 교류한 후에야 가까운 친구로 업그레이드된다. 진정한 친구가 되려면 200시간이 필요하다. 2시간씩 100번은 어울려야 진정한 친구가 될 수 있는 것이다.

사람들은 어떤 노력을 하고 얼마나 시간을 쏟아서 진정한 친구가 되었는지 까맣게 잊는다. 친구가 하늘에서 뚝 떨어진 줄로만 안다. 하지만 친구는 오랫동안 서로 노력한 끝에 탄생한 작품이고 오래 걸려 피워낸 꽃이다.

행복은 - - - - - - - - - - - - - - -

- - - - - - - - - - - - - - 전염된다

인생에서 나를 가장 행복하게 해주는 사람은 누구일까?
아내나 남편일까? 물론 배우자도 중요하다. 그런데 좋은
배우자보다 중요한 것이 있다. 사람의 행복에 가장 큰 영
향을 끼치는 존재는 바로 친구다. 친구는 배우자보다 3배
많은 행복을 준다고 한다.

　　미국 하버드대학 의대 교수 니컬러스 크리스타키
스Nicholas Christakis는 행복이 어떻게 전염되는지 연구했다.
5,000명을 대상으로 20년 동안 조사한 자료를 분석해보니
행복은 정말 바이러스처럼 전염되었다. 내가 행복하면 행
복감이 주변에 있는 가족, 친구, 동료에게 전파되었다. 재
미있는 것은 바이러스 2차 감염처럼 행복도 내가 본 적 없

는 사람에게까지 전해진다는 사실이다. 예를 들어 내 행복감은 친구를 거쳐 얼굴 한 번 못 본 친구의 친구에게도 전달되는 것이다.

전염되는 행복의 강도는 사람마다 달랐다. 내가 행복하면 가까이 사는 친구가 행복해질 가능성이 25퍼센트 높아졌다. 배우자가 받는 영향은 겨우 8퍼센트에 불과했다. 행복한 사람이 친구를 행복하게 할 확률은 25퍼센트지만 배우자의 행복감이 높아질 확률은 8퍼센트에 불과한 것이다.

나를 중심에 놓고 생각해보자. 남편이나 아내가 행복해져보아야 내 행복은 크게 늘지 않는다. 하지만 친구가 행복해지면 나는 더 행복해진다. 음식으로 비유하면 이렇다. 배우자는 나에게 음식을 겨우 8퍼센트만 떼어주겠지만, 친구는 자기 음식의 25퍼센트를 뚝 떼어줄 것이다. 그렇다면 친구에게 음식이 생기는 것이 나에게 더 유리하다.

살다보면 남편이고 아내고 다 필요 없다 싶을 때가 온다. 배우자도 중요하지만 내 행복의 필수 조건은 행복한 친구다. 친구의 행복을 비는 것이 내 행복을 비는 것이나 마찬가지다. 친구와 나는 행복 공동체다. 친구를 미워하거나 질투하지 말자. 결국 나를 해치는 일이 된다.

돈으로 --------------

-------- 행복을 사는 법

돈이 부족해서 불행한 것이 아니다. 돈을 쓸 줄 몰라서 우
울해진다. 같은 돈을 써도 더 행복해지는 방법이 있다. 캐
나다의 심리학자로 브리티시컬럼비아대학 교수 엘리자베
스 던Elizabeth Dunn이 '행복한 지출 방법' 3가지를 제시했다.

첫 번째, 물건이 아니라 경험을 사야 한다. 신형 스
마트폰이나 유행하는 옷도 즐거움을 준다. 하지만 금방 시
들해진다. 한두 달만 지나도 신형은 구형이 되고 유행은
낡은 것이 되어버린다. 경험은 다르다. 여행을 가고 공연
을 관람하는 것, 독서 취향이 비슷하거나 같은 직업을 꿈
꾸는 사람들을 만나서 돈을 쓰는 것은 경험 구입 비용이라
고 할 수 있다. 그렇게 구입한 경험은 나를 자라게 한다. 스

마트폰은 절대로 못하는 일이다.

　두 번째, 소비 시점을 미루어야 행복하다. 생활하려면 물건을 구입해야 한다. 또 여행을 가고 싶을 때도 있다. 그런데 급하게 결정해서 돈을 써버리는 것보다 시간을 들여 천천히 구입할 때 지출 순간까지 기대감을 느끼며 행복해진다. 게다가 시간 여유를 가져야 더 현명하게 선택할 수 있다. 천천히 느긋하게 돈을 쓰는 것이 현명하다.

　세 번째, 작은 지출을 자주 해야 행복하다. 몰아서 크게 쓰기보다는 소소한 소비를 자주 하는 것이 기분을 좋게 해준다. 비싼 외식을 하려고 한 달 내내 참지 말고 내 형편과 입맛에 맞는 곳에서 몇 번 식사하는 것이 현명하다. 작지만 확실한 행복을 택하라는 말이 된다.

　　3가지가 다 맞는 말이지만 중요한 한 가지를 덧붙일 수 있다. 돈은 자신을 위해 써야 행복감이 높아진다는 사실이다. 20세기 초반 미국의 배우 겸 작가인 윌 로저스 Will Rogers는 이런 이치를 정확히 꿰뚫었다. "좋아하지 않는 사람에게 잘 보이기 위해, 원치 않는 걸 사느라 돈을 쓰는 사람이 너무 많다."

　　남에게 과시하려고 물건을 사는 사람은 남을 위해서 돈을 쓰는 셈이다. 남이 감탄할 물건을 사느라 내 돈을 쓰는 것은 어리석다. 돈은 내 것이다. 내가 힘들게 번 것이다. 남이 아니라 내가 정말 필요한 곳에 써야 한다.

　　돈이 많아야 행복한 것이 아니다. 돈이 좀 부족해도 잘 쓰는 방법을 찾는다면 우리는 조금 가난해도 많이 행복할 수 있다.

사랑은 좋다

사랑하는 이의 얼굴이 ------

-------- 고통을 씻어준다

중병을 앓는 엄마가 사랑하는 딸과 얼굴을 마주하면 통증을 잠시 잊는다. 직장에서 시달리다가도 집에서 기다리는 강아지 사진을 보면 스트레스가 완화된다. 사랑스러운 얼굴이 몸과 마음의 아픔을 잊게 해준다.

누구나 한번쯤 경험해본 이 일을 과학자들이 연구를 통해 증명했다. 미국 UCLA의 심리학과 교수 나오미 아이젠버거Naomi Eisenberger 등은 실험을 통해 사랑하는 사람의 얼굴이 마음의 상처를 씻어준다는 것을 밝혀냈다. 우울과 불안 등 마음의 상처뿐 아니라 몸의 통증도 완화해주었다. 사랑하는 사람과 얼굴을 마주하면 머리가 아팠다가도 괜찮아진다. 사랑하는 사람의 얼굴이 몸과 마음의 병을 치유해주는 명약이다.

그런데 나를 버린 옛 애인의 모습은 반대 효과를 보인다. 마음뿐 아니라 몸도 아프게 한다. 배신한 애인의 사진을 응시하면 감기나 타박상의 통증이 심화될 수 있다.

마음의 상처와 육신의 아픔이 별개라고 생각하기 쉽다. 하지만 뇌는 둘을 같은 것으로 인식한다. 미국 미시간대학의 사회심리학자 이선 크로스Ethan Kross는 버림받는 고통이 신체의 고통과 다르지 않다고 강조한다. 애인이 떠나 가슴이 아프다면 가슴을 주먹으로 맞은 것과 같다. 옛 애인의 사진은 빨리 정리하고 애인의 SNS에는 접근하지 않는 것이 좋다. 매일 매 맞는 아픔을 느끼고 싶지 않다면 말이다.

이미 떠나간 연인의 얼굴은 머릿속에서 싹 지우는 게 낫다. 힘이 들어도 그렇게 해야 다른 얼굴이 내 마음에 들어와 아픔을 치유할 수 있을 것이다.

내 손을 잡아,

다 잘될 거야

친구나 연인이 큰 시련을 맞았다면 어떻게 해야 할까? 여러 가지 방법이 있겠지만 손을 잡는 것만으로도 도움이 된다. 그리고 이렇게 말해주자. "내 손을 잡아. 다 잘될 거야. 난 네 편이야."

진심을 담아서 손을 잡고 위로해보자. 친구나 연인이 기운을 되찾고 용기를 낼 것이다. 사랑하는 이의 손을 잡으면 신비한 일이 일어난다. 경험으로 알고 있듯이 손잡기는 몸의 통증을 줄인다. 열이 나서 힘들어하는 아이는 엄마가 손을 잡아주면 한숨 돌린다. 출산하는 아내의 손을 꼭 잡은 남편도 진통 완화에 한몫한다.

미국의 통증 연구가로, 콜로라도대학의 패블 골드

스타인Pavel Goldstein 박사는 2017년 실험을 통해 그 사실을 확인했다. 누군가 진심으로 안타까워하면서 손을 잡으면 육체적 통증이 실제로 사라진다고 한다. 하지만 위로가 가식이면 안 된다. 진심 없이 연기로 손을 잡아보아야 상대의 마음을 움직일 수 없으니 진통 효과를 기대할 수 없다. 엄마의 손길이 통증을 줄여주는 것은 엄마의 절실함 때문이다. 출산하는 아내의 손을 건성으로 잡고 있는 남편의 손길은 진통제가 될 수 없다.

　　손잡기는 공포감과 스트레스도 줄여준다. 걱정하고 긴장한 손을 잡아준 친구는 용기까지 전해주는 것이다. 하루 종일 공부에 시달린 아이의 손을 쓰다듬어주는 엄마는 스트레스를 줄여준다. 신기한 일이다. 손만 잡았을 뿐인데 덜 아프고 스트레스가 줄어든다. 사랑하는 사람의 손길은 마법 같은 힐링이다.

사랑은 좋다

껴안는 순간 - - - - - - - - - - - - -

- - - - - - 스트레스가 사라진다

호주 배우 휴 잭맨은 "내가 집에 돌아오면 딸이 문 쪽으로 달려와서 꼭 껴안아 줍니다. 그러면 그날 일어났던 모든 것들이 녹아 사라져버려요"라고 말했다.

아이가 안아주면 스트레스, 분노, 좌절, 걱정 등 해로운 것들이 깨끗이 씻겨 사라진다. 그 빈 곳을 채우는 것은 행복감이다. 감사와 기쁨도 마음 한 자리를 차지한다.

껴안으면 행복해진다. 원인은 옥시토신이다. '포옹 호르몬'이라고도 불리는 옥시토신은 포옹할 때 뇌에서 분비되어 마음을 행복하게 해준다. 포옹은 힘이 세다. 사랑하는 사람을 껴안는 것만으로 마음이 편해지고 나른하고 편안한 상태가 된다. 스트레스를 씻어내고 편안해지고 싶

다면, 옆에 있는 사람을 껴안으면 된다. 포옹은 아주 간단하고 간편한 행복의 비법이다.

포옹은 또한 사람 사이의 유대감을 높여준다. 아기와 엄마는 서로 부비고 껴안기를 반복한다. 그렇게 해서 둘의 마음이 하나가 된다. 유대감이 생기는 것이다. 껴안기는 사람을 친하게 한다. 오랜만에 만난 친구를 가볍게 안아주면 그 순간 우정이 깊어진다.

가족, 친구, 연인 등과 포옹을 하면 많은 이득이 공짜로 생긴다. 강아지나 고양이를 껴안아도 효과는 비슷하다. 행복해지고 싶다면 자주 포옹하면 된다. 사람이나 강아지가 없다면 커다란 곰 인형도 괜찮다.

사랑하면 ---------------

--------------- 오래 산다

한 할머니가 진료를 받으러 병원에 갔다. 의사가 큰 지갑
을 보고는 말했다. "할머니는 부자신가 봐요." 할머니는 자
신 있게 답했다. "그럼요." 그런데 지갑만 클 뿐 할머니는
아주 검소하게 살았다. 집도 크지 않았고 비싼 음식을 먹
거나 비싼 물건을 사지도 않았다. 하지만 할머니는 자신이
큰 부자라고 믿어 의심치 않았다. 사랑하는 남편과 자녀와
손주들이 있었기 때문이다. 사랑 부자였던 할머니는 건강
하게 장수했다. 영국 일간지 『인디펜던트』의 2016년 3월
2일 자 칼럼에 소개된 사연이다.

사랑하는 사람들이 주변에 있으면 부자보다 잘 살
고 오래 산다. 미국 하버드대학의 정신과 의사 로버트 월

딩어Robert Waldinger가 75년 치의 자료 분석을 통해 확인한 사실이다. 따뜻하고 깊은 인간관계를 많이 맺은 사람이 행복하게 장수했지만 인간관계가 나쁘거나 친한 관계가 없는 사람은 단명한 것으로 나타났다.

오래 살고 싶다면 금연해야 한다. 운동과 균형 잡힌 식사도 중요하다. 하지만 사랑 넘치는 인간관계도 금연이나 운동 못지않은 장수의 조건이다. 운동하는 것이 끔찍하게 싫은 사람에게도 행복한 장수의 가능성은 남아 있다고 할 수 있다. 사랑을 하면 된다. 친구, 애인, 부모, 자녀가 내 수명을 연장시켜줄 것이다.

사랑은 장수뿐만 아니라 행복도 가져온다. 미국의 라디오 프로그램 진행자이자 작가인 톰 보넷Tom Bodett이 행복한 인생의 조건 3가지를 말했다. "이 세상에서 진정 행복하기 위해서는 3가지만 있으면 된다고 합니다. 사랑할 사람, 할 일, 희망입니다."

누군가를 사랑한다면 엄청난 일을 해낸 것이다. 인생의 조건 3가지 중 하나를 채운 것이니 말이다. 이제 두 가지만 갖추면 된다. 할 일과 희망이 행복한 인생을 완성시켜줄 것이다.

마주 보면 ＿＿＿＿＿＿＿＿＿

＿＿＿＿＿ 심장이 같이 뛴다

사랑하는 연인이 마주 보면 마음이 하나가 되는 느낌이 든다. 마음 말고 몸은 어떨까? 몸도 비슷하다. 우선 심장 박동이 일치하게 된다. 들숨과 날숨의 간격도 비슷해진다.

UC 데이비스의 심리학 교수 에밀리오 페러 Emilio Ferrer가 2013년 연구로 밝혀낸 결과다. 페러의 연구팀은 연인들을 조용한 방에서 마주보도록 했다. 말하거나 만지는 것은 금지되었다. 말없이 바라보기만 해야 했다. 시간이 지나자 두 사람의 심장 박동이 일치하고 호흡도 같아졌다. 시선만으로 연인의 심장과 폐의 운동 리듬이 변한 것이다.

실험에서는 특별한 점이 발견되었다. 여성이 남성의 심박과 호흡을 따라갔다. 왜 그럴까? 연구팀은 여성의

애착이 더 강하기 때문이라고 추정했다.

　다 그런 것은 아니지만 연인 관계가 굳어진 후에는 대체로 여자가 더 충실하다. 남자는 딴 곳을 두리번거리지만 여자는 그 남자만 사랑스럽게 바라본다. 더 사랑하는 사람이 상대에게 맞추어준다. 데이트 코스, 영화, 저녁 메뉴 등을 선택할 때 양보하고 따라준다. 신기한 것은 사랑이 깊은 쪽이 심장 박동의 리듬까지 양보한다는 점이다.

　사랑의 눈길은 두 사람의 심장과 폐 운동을 동조시킨다. 두 사람이 하나의 심장으로 혈액을 순환시키고 하나의 폐로 숨을 쉬듯이 말이다. 심장과 폐는 생명의 상징이다. 심장이 뛰고 숨을 쉬어야 생명이 유지된다. 두 사람을 이어서 하나의 생명으로 만드는 것이 사랑인 모양이다.

함께 공포를 겪으면 --------

-------- 사랑이 깊어진다

"함께 공포 영화를 보면 사이가 가까워진다"라는 설이 있다. 공포 영화와 사랑의 감정이 연결되어 있다는 소리인데, 의외로 근거가 있는 말이다. 공포 영화가 미적 감각을 예민하게 만들기 때문이다. 달리 말해서 공포 영화를 본 사람의 눈에는 애인이 더 예뻐 보인다.

　미국의 심리학자 켄들 에스킨Kendall Eskine이 2012년 관련 연구를 했다. 무서운 영상을 본 직후에 미술 작품을 관람하면 감동이 더 커졌다. 미술 작품을 두고 점수를 매기게 했다. 그리고 무서운 영상을 보여준 후에 재평가하게 했더니 평균 점수가 올라갔다. 무서운 감정을 느낀 후에는 같은 것도 더 아름답고 감동적으로 보게 되는 것이다.

예술품뿐만 아니라 사람의 외모에 대한 평가도 달라질 것이라고 유추할 수 있다. 공포 영화를 보고 영화관을 빠져나왔다고 하자. 연인의 얼굴이 더 아름다워 보인다. 미적 감각이 예민해져서 같은 사람이 더 멋있어 보이는 것이다. 호감이 더 커지고 사랑이 깊어질 수밖에 없다.

공포 영화가 연애에 유익한 또 다른 이유가 있다. 공포감은 사람의 가면을 벗긴다. 사람들은 가면을 쓰고 연애를 한다. 이미지를 꾸미고 말을 조심하고 경계하면서 거리를 둔다. 그런데 공포 영화 앞에서는 가면이 벗겨진다. 비명을 지르는 순간 진솔한 얼굴이 드러나는 것이다. 마음의 벽이 없어졌으니 사이가 가까워지는 것이 당연하다. 그렇게 공포 체험이 사랑을 키운다. 특히 서먹한 연애 초기에는 로맨틱 코미디가 아니라 공포 영화가 진리다.

달콤하고 편하기만 해서만은 사랑이 쑥쑥 자라지 않는다. 살면서 무서운 일을 많이 겪게 된다. 무섭거나 힘든 일을 손잡고 경험해야 진정한 연인이 된다.

사랑의 비밀은 ----------

------- 눈동자에 담겨 있다

매번 후회하면서도 나쁜 남자에게 빠진다는 사람이 있다. 만약 눈동자가 큰 남자를 좋아한다면 나쁜 남자를 선호할 확률이 높다.

눈동자는 강아지의 꼬리와 닮은 점이 있다. 강아지는 반가운 상대를 만나면 꼬리를 흔든다. 그런데 꼬리는 흔들겠다고 마음먹고 흔드는 것이 아니다. 꼬리는 제멋대로 움직인다. 무서우면 꼬리가 저절로 내려가고 맛있는 음식을 보면 꼬리가 춤을 춘다. 꼬리는 멋대로 움직이며 강아지의 마음을 드러낸다.

눈동자도 마찬가지다. 동공은 좋아하는 것을 보면 커진다. 좋아하는 사람을 보아도 나도 모르게 눈이 휘둥그

레진다. 강아지의 꼬리가 멋대로 춤을 추듯이, 좋은 것을 본 사람의 눈동자는 반사적으로 팽창하는 것이다. 미국 시카고대학의 생체 심리학자 에커드 헤스Eckhard Hess 교수는 누드 사진을 본 여학생보다 남학생의 눈동자가 훨씬 커졌다는 연구 결과를 발표했다.

입을 다물면 사랑을 고백할 수 없지만 눈은 비밀을 지키지 못한다. 좋아하는 사람을 보면 눈동자가 커진다. 눈을 보면 그 사람의 마음을 읽을 수 있다.

헤스 교수는 눈동자 취향이 남자 취향도 드러낸다고 했다. 중간 크기의 눈동자에 끌리는 여성은 착한 남자를 좋아하고, 큰 눈동자를 선호하는 여성은 나쁜 남자에게 매력을 느낀다는 것이다. 남성은 눈동자가 큰 여성이 더 매력적이라고 느낀다. 눈동자가 크면 부드럽고, 예쁘고, 여성적이라고 짐작한다. 눈동자가 작으면 차갑고 이기적일 거라고 판단해버렸다. 물론 이런 판단은 편견일 가능성이 높다.

상대의 눈동자를 유심히 살펴보자. 나를 보며 눈동자가 커진다면 나를 좋아한다는 신호일 테니까. 눈동자에는 사랑의 비밀이 담겨 있다.

키스가　──────────────

──────────── **알려주는 것**

입속에 고이는 침 덕분에 우리는 음식을 수월하게 소화할
수 있다. 맛있는 음식을 생각만 해도 침이 흘러나와 임무
수행을 준비한다.

　　사람이 하루에 만드는 침의 양은 1.5리터 정도다.
평생 만드는 양을 계산하면 4만 리터가 넘는다. 눈앞에
2리터 생수 페트병 2만 개가 쌓여 있다고 상상해보자. 막
대한 양이다. 침에는 상처 치유 효과도 있다. 입안 상처가
피부 상처보다 빨리 낫는 것은 침 덕분이다. 동물들은 상
처가 나면 본능적으로 혀로 핥는다.

　　침은 키스할 때도 아주 중요한 역할을 한다. 미국
의 인류학자로 럿거즈대학 교수인 헬렌 피셔Helen Fisher에

따르면, 남자는 키스할 때 상대에게 가능한 많은 타액을 전달하려 한다고 한다. 타액 속에는 남성호르몬이 들어 있는데, 키스를 하는 동안 이를 상대에게 주입해 성적으로 흥분시키려는 의도라는 것이다.

여자는 키스를 하면서 남자의 냄새를 맡는다. 침과 피부 등에서 나는 냄새를 통해 자신도 모르게 면역 체계의 유전 암호를 읽어낸다. 여자는 자신과 유전 암호가 반대인 사람을 선호한다. 그래야 자녀의 유전적 다양성이 확보되기 때문이다.

여자가 냄새를 통해 유전 정보를 읽고 자신과 유전적으로 반대인 사람을 택한다는 사실은 스위스 생물학자 클라우스 베데킨트Claus Wedekind의 실험을 통해서 밝혀졌다. 남자 40여 명의 땀 냄새가 밴 티셔츠를 준비한 후 냄새를 맡고 호감을 느끼는 티셔츠를 선택하도록 했다. 연구팀이 이를 분석해보니 여자는 면역 체계의 유전 정보가 자신과 반대되는 남자를 선호한 것으로 나타났다. 사람들은 자신과 반대인 이성에게 매료된다는 통설에 들어맞는 결과다.

키스를 하는 동안 연인들은 바쁘다. 키스하면서 침을 나누고 냄새를 맡으면서 서로를 유혹하며 분석하느라 정신이 없다. 상대가 내게 적합한 사람인지 냄새로 분간하는 능력은 특히 대단하다. 동물적인 감각이 인간 속에 아직 남아 있다.

사랑한다고 ------------

------------ 말해주세요

죽음은 무엇일까? 다양하게 정의할 수 있겠지만, 감각의 상실이 곧 죽음이라고도 할 수 있다. 죽음에 다다른 사람은 여러 감각을 잃는다. 허기에 무감각해지고, 앞이 안 보이고, 촉각이 무뎌지며, 냄새를 맡지 못하고, 목소리도 내지 못하게 된다.

　이렇게 보면 죽음은 잠과 비슷하다. 잠이 들면 배가 고파도 잘 느끼지 못하고 앞을 볼 수 없다. 어쩌면 사람들은 잠을 자면서 죽음의 일단을 체험하는 것인지도 모른다. 물론 죽음과 수면은 본질이 다르다. 수면은 죽음과 달리 한시적이다. 피곤해서 잠이 들었다가도 아침에는 일어난다. 평생을 사느라 힘이 다 빠졌다면 다르다. 까무룩 곯

아떨어져서 다시 깨지 않는다.

사람은 죽을 때 감각을 잃는다. 감각을 잃는 데도 순서가 있다. 미국 스탠퍼드대학의 제임스 할렌베크James Hallenbeck 교수에 따르면, 제일 먼저 허기와 갈증을 느끼지 못하게 된다고 한다. 입맛이 없어지는 것이다. 내 몸이 내 운명을 미리 아는 것이 아닐까? 몸이 알아서 음식을 거부하는 것만 같다.

입맛 다음으로 말을 잃게 된다. 말하고 싶은 것이 있어도 혀끝에서 맴돌 뿐이다. 아무리 애를 써도 말이 목에서 빠져나가지 못한다. 그래서 꼭 해야 할 말이 있다면 일찍 해두어야 한다. 특히 사랑과 감사의 말은 말을 할 수 있을 때 다 쏟아내야 한다. 그럴 기회가 사라지기 전에 말이다. 말문이 막힌 뒤에는 앞이 보이지 않게 된다. 눈앞이 깜깜해서 사랑하는 사람의 얼굴을 알아볼 수가 없게 된다.

죽음의 문턱을 넘을 때 우리는 말도 못하고 볼 수도 없다. 그런데 촉각은 꽤 늦게까지 남아 있다. 앞이 보이지 않아도 내 손을 잡은 이의 체온은 느낄 수 있다는 뜻이다. 더 고마운 것이 있다. 청각이다. 청각은 촉각이 사라진 뒤에도 끝까지 살아남는다.

죽는 순간에도 청각이 살아 있다는 것은 축복이다. 우리는 사랑한다는 말을 들으며 세상을 떠날 수 있다. 삶의 끝에서 감사하다거나 미안하다는 고백을 들을 수 있다.

영어권 호스피스 사이트를 보면, 임종을 지키는 순간에도 끝까지 말하라고 권고한다. 사랑하는 사람이 생사의 경계를 넘는 순간에도 사랑한다는 말을 해주어야 한다. 세상을 떠나는 사람이 그 말을 들을 수도 있기 때문이다.

우리는 기적 같은 존재다

우리는 모두 -----------
----------- 별에서 왔다

"너는 어느 별에서 왔니?"라는 질문은 비과학적이다. 생명체는 별이 아니라 행성에서 산다. 지구도 별이 아니라 행성이다. 태양계의 별은 태양인데, 활활 타고 있어 생명이 살기 어렵다. 외계 문명이 존재한다면 역시 행성에 터를 잡았을 것이다. 그러니까 "너는 어느 행성에서 왔니?"라고 물어야 맞다.

그런데 더 깊이 알면 판단이 달라진다. "너는 어느 별에서 왔니?"라는 질문도 까마득한 과거에 대한 질문이라면 맞는 말이다. 아주 오래전 우리가 태어난 최초의 고향은 별이기 때문이다. 인간은 모두 별에서 왔다.

미국의 이론물리학자 로런스 크라우스Lawrence

Krauss는 2009년 AAI 강연에서 다음과 같이 설명했다. "경이로운 사실입니다. 당신 몸속의 모든 원자는 폭발한 별에서 온 것입니다. 왼손의 원자들은 오른손의 원자들과 다른 별에서 왔을 겁니다. 내가 물리학에서 알고 있는 가장 시적인 사실이 있어요. 우리는 모두 별 먼지stardust입니다. 별이 폭발하지 않았다면 당신은 여기에 있을 수 없습니다.……별들은 당신이 여기 있게 하려고 죽은 것입니다."

별이 폭발해서 탄소, 철, 산소, 질소 등 생명의 진화에 필요한 것들이 생겨난 덕분에 우리가 존재할 수 있다는 것이다. 밤하늘을 보자. 저 멀리 별들이 먼지처럼 뿌옇게 보인다. 바로 별 먼지, 스타더스트다. 그것이 우리의 고향이자 우리 몸의 재료다. 미국의 천문학자 칼 세이건Carl Sagan도 같은 의미의 말을 했다. "우리 안에 우주가 있다. 우리는 별의 재료로 만들어졌다."

우리는 우주 안에 있는데 우리 안에 또 우주가 있다. 우주가 나를 만들었는데 내가 또 우주를 속에 품고 있다. 이 신비로운 사실은 철학적 주제를 떠오르게 한다. 인간은 똑같은 재료로 만들어졌는데 사람마다 다르다. 사람들은 저마다 기쁘고, 슬프고, 착하고, 악하고, 현명하고, 어리석다. 왜 그럴까?

어쩌면 당연한 일이다. 같은 재료로도 서로 맛이 다른 요리가 된다. 같은 악기도 연주자에 따라 음색이 달라진다. 재료가 같은데 결과가 다른 것은 자유 때문일 것이다. 요리사나 연주자처럼 우리는 존재를 선택할 자유가 있다.

복잡한 이야기를 잊더라도 우리가 빛나는 별에서 왔다는 것은 기분 좋은 일이다. 내 옆에 있는 친구나 연인도 별에서 왔다. 나도 별이 고향이다. 우리는 모두 특별한 존재들이다.

인간의 몸에서는 ----------

---------------- 빛이 난다

연인의 얼굴에서 밝은 빛이 날 때가 있다. 그리고 성스러운 사람에게는 후광이 있다고 한다. 사람의 광채를 보았다면 착각일까? 착각일 수도 있고 아니면 우리 눈이 설명할수 없이 예민할 것일 수도 있다.

사람의 몸은 실제로 빛난다. 아주 약한 빛이나마분명히 몸에서 발산된다. 일반 카메라는 불가능하지만 특별히 섬세한 카메라는 인체의 빛을 포착한다. 혹시라도 빛에 예민한 다른 행성 생명체가 지구에 왔다면 놀랐을 것이다. 사람들이 모두 빛을 내면서 걸어 다니는 광경은 황홀할 것이 분명하다. 다른 행성에서 온 생명체에게 지구인은『피터팬』에 나오는 요정 팅커벨처럼 빛나는 존재일지도

161

모른다.

빛은 몸에서 일어나는 생화학적 반응에서 비롯된다. 우리 몸에는 신비로운 능력이 있다. 전력을 공급하지 않았는데도 스스로 빛을 낼 수 있다.

인체의 빛은 밝기가 일정하지 않고 변화한다. 일본 교토대학의 과학자들이 2009년 발표한 바에 따르면, 오후 4시에 몸의 빛이 가장 밝다. 그 뒤 점점 어두워지다가 오전 10시에 최저점에 이른 후 다시 반등한다. 저녁부터 아침까지는 빛이 약하다가 아침부터 시작해 오후까지 점점 밝아지는 것이다. 신체 부위에 따라서도 밝기가 다르다. 가장 밝은 빛을 내는 곳은 얼굴이다. 정확히는 볼과 목 그리고 이마에서 빛이 많이 난다.

모든 사람 몸에서 빛이 난다. 사람은 모두 빛나는 존재다. 사랑하는 사람은 그 빛을 느낄지도 모른다.

내 몸에

세종대왕이 들어 있다

우리는 기적 같은 존재다

우리 몸은 원자로 이루어져 있다. 원자는 상상하기 어려울 정도로 작다. 100만 개를 세워놓아도 머리카락 한 가닥 굵기밖에 안 된다. 그러면 우리 몸에 몇 개의 원자가 있을까? 한 설에 따르면 70킬로그램인 사람의 몸에는 $7 \times 1{,}027$개의 원자가 있다고 한다. 무려 7,000,000,000,000,000,000,000,000,000,000개나 된다.

도저히 읽을 수 없는 숫자보다 놀랍고 충격적인 사실이 있다. 원자를 이루는 99퍼센트 이상의 공간이 비어 있다는 것이다. 그렇다면 99퍼센트를 훨씬 넘는 우리 몸도 빈 공간인 것이다. 우리 몸이 수없이 많은 풍선 같은 것으로 이루어져 있는 셈이다. 풍선을 모두 터뜨리고 찌그러뜨

163

리면 최종 부피가 어느 정도일까? 각설탕 하나 정도라고 한다. 거인의 몸도 작은 육면체 속에 들어갈 수 있다.

우리 몸을 구성하는 수많은 원자는 다 어디서 왔을까? 다른 사람의 몸을 거쳐서 우리에게 왔을 가능성도 충분하다.

영국 저술가 빌 브라이슨Bill Bryson의 확신에 찬 설명이 흥미롭다. 그는 『그림으로 보는 거의 모든 것의 역사』에서 셰익스피어의 몸에 있던 원자의 최대 10억 개 정도가 우리 몸에 들어와 있다고 했다. 부처와 칭기즈 칸과 베토벤 등 역사적 인물의 육체에 속해 있던 원자도 많으면 10억 개씩 우리에게 있다고 한다. 그 설명대로라면 나는 뉴턴, 에디슨은 물론이고 세종대왕, 이순신, 선덕여왕의 원자도 갖고 있을 것이다.

공부 못한다고 구박받는 나의 일부가 뉴턴이다. 알렉산드로스대왕의 원자가 소심한 아이의 몸을 이루고 있다. 집을 잃은 노숙자의 몸에도 최고 갑부와 최고 권력자의 일부가 들어 있다. 세상에 하찮은 사람은 하나도 없다. 모든 사람의 몸에는 위대한 사람들의 원자가 있다.

더 놀라운 사실이 있다. 그렇다면 죽더라도 완전히 소멸하는 사람은 없다는 논리가 성립하기 때문이다. 모든 인간은 죽지만, 죽어도 사라지지 않는 것이다. 우리 몸을 이루는 원자가 영원하기 때문이다. 미국의 신경과학자 데이비드 이글먼David Eagleman은 이렇게 말한다. "당신이 죽으면 당신을 이루고 있던 모든 원자들이 슬퍼한다. 그 원자들은 몇 년 동안 피부나 비장 속에 모여 있었다. 당신이 죽어도 원자는 죽지 않는다. 대신 서로 다른 방향으로 움직이면서 각자 자기 길을 간다. 공유했던 시공간의 상실을 슬퍼하면서."

내가 죽어도 원자는 죽어 사라지지 않는다. 다만 흩어질 뿐이다. 셰익스피어와 부처의 원자처럼 우리가 죽어도 우리의 원자는 어디선가 영원히 존재할 것이다.

다른 사람의 마음을 ·········

··········· 움직일 수 있다

낯선 사람을 만나는 일은 힘들다. 긴장이 되고 무섭기도 하다. 하지만 낯선 사람을 안 만날 수 없다. 일도 사랑도 다 모르는 사람과 만나 시작하는 것이다. 가장 친한 친구도 처음에는 낯선 사람이었다. 낯설다고 사람 만나기를 거부 하면 은둔형 외톨이로 전락하게 된다.

일 때문에 만났든 소개팅을 하든 처음 만나는 자 리라면 상대가 나를 좋아하게 하는 것이 중요하다. 좋아해 달라고 매달릴 필요는 없지만 상대가 나를 좋아해주면 일 과 사랑이 잘 풀릴 것이 분명하니 호감을 주어야 한다. 상 대가 나에게 호감을 느끼게 할 방법이 있을까? 캐나다 워 털루대학의 심리학자 데뉴 앤서니 스틴슨Danu Anthony Stinson

이 2009년 발표한 논문에 따르면 깜짝 놀랄 정도로 단순한 방법이 있다. '저 사람이 나를 좋아할 것이다'라고 생각하면 정말로 그렇게 될 확률이 높아진다는 것이다.

타인의 마음이 내 마음대로 움직이는 것이다. 저 사람이 나에게 호감을 가질 것이라고 내가 믿으면 정말 그렇게 된다. 신기한 일이다. 왜 그럴까? 상대가 나를 좋게 볼 것이라 믿는다고 가정해보자. 내 마음은 푸근해진다. 자연히 따뜻하게 말하고 행동할 것이다. 그러면 상대가 날 좋아할 확률이 높아진다. 반대로 상대가 나를 싫어할 것이라고 믿으면 나는 경계심을 갖고 표정도 어두울 것이다. 차갑게 말할 것이 분명하다. 냉랭하게 말하는 사람을 좋아해줄 사람은 거의 없다. 상대는 내가 예상한대로 나를 싫어하게 될 것이다. 우리에게는 몰랐던 초능력이 있다. 내 생각대로 상대의 마음을 움직이는 능력이다.

우리는 기적 같은 존재다

사랑하는 사람의

꿈을 꾸는 법

우리가 꾸는 꿈 중에 기분 좋은 꿈은 많지 않다. 무섭거나 안타깝거나 이상한 꿈이 대부분이다. 기억할 수 있는 꿈도 많지 않다. 사람은 꿈 내용의 90퍼센트 정도를 잊어버린다. 그런데 꿈을 잊는 것은 좋은 일이라고 한다. 꿈 내용을 생생하게 죄다 기억하는 사람은 오히려 심리적으로 건강하지 않다는 것이다.

꿈에는 수없이 많은 사람이 등장한다. 그 많은 사람은 어디에서 온 것일까? 뇌가 가공의 인물을 만들어 꿈에 투입한 것일까? 미국 스탠퍼드대학 신경과학연구소는 꿈속 사람은 모두 아는 사람이라고 설명한다. 그러니까 꿈에서 나를 쫓는 사람은 낯선 사람이 아니라 아는 사람일 확률이 높다는 뜻이다. 꿈에서 전혀 모르는 사람을 본 경험이 분명히 있는데, 사실은 아는 사람이라고 하니 당황스러울 것이다.

하지만 연구소의 설명에 따르면 그것은 착각이다. 꿈속의 낯선 얼굴은 사실은 보고도 기억 못하는 얼굴이다. 깨어 있는 동안 우리는 굉장히 많은 얼굴과 마주친다. 지하철과 버스에서 많은 사람을 본다. 길거리에서도 마찬가지다. 영화와 텔레비전에서도 사람이 계속 나온다. 우리는 하루에 수백 명을 보게 되는데 다 기억하지 못한다. 하지만 뇌는 다 저장해두었다가 꿈속에 풀어놓는다.

꿈은 깨어 있을 동안의 기억을 정리하는 과정이다. 의식은 본 사람을 다 기억하지 못하지만, 뇌는 기억하고 있다가 꿈에서 되새기고 분류하고 정돈한다. 꿈에 나타난 사람은 뇌가 창조한 가공의 인물이 아니라 이미 내가 본 인물이다.

그런데 아는 사람 중에서 내가 좋아하는 사람은 꿈에 잘 나타나지 않는다. 헤어진 연인이나 짝사랑하는 사람이 꿈에 나타나면 얼마나 좋을까? 슬프게도 누군지 헷갈릴 정도로 관심이 없거나 싫어하는 사람들이 꿈에 자주 출현한다. 꿈은 비호감 배우들만 나오는 드라마 같다.

내가 좋아하는 사람이 꿈에 나오게 할 수는 없을

까? 과학적 조언은 없지만 통설은 있다. 영미권에서 통하는 이야기에 따르면 잠자리에 누워서 꿈에서 보고 싶은 사람을 깊이 생각하면 도움이 된다고 한다. 마음속으로 이름을 부르거나 사진을 보아도 꿈에 그 사람이 나타날 확률이 높아진다고 한다.

간절히 집중하면 꿈이 반응한다는 것인데, 과학적 근거는 없는 이런 주장을 많은 사람이 믿고 있다. 좋은 사람이 꿈에 나타나기를 간절히 원하기 때문이다. 꿈에서 만나면 실제로 만나는 느낌을 받는다. 멀리 있어도 곁에 있는 것만 같다. 가끔이라도 좋아하는 사람이 꿈에 나타나면 하루 종일 행복할 것이다.

미래를 - - - - - - - - - - - - - -

- - - - - - - - - - 느낄 수 있다면?

나쁜 예감이 우리를 매일 괴롭힌다. 특별한 이유도 없는데 애인이 변심하지 않을까 걱정되기도 하고 직장 상사의 잔소리가 염려될 때가 있다. 중요한 시험에 불합격할까 두렵고 혹시 이런저런 병에 걸릴까 걱정하게도 된다. 문제는 이런 예감이 적중한다는 것이다. 가끔이지만 나쁜 일이 생길 것 같은 느낌이 맞아떨어진다. 우연일까 아니면 우리에게 미래 예감 능력이 있는 것일까?

2012년 UC어바인의 제시카 어츠Jessica Utts 교수 등은 사람 몸이 미래를 느낀다고 주장해 화제를 모았다. 실험에서 사람들에게 여러 종류의 그림을 보여주었는데 유독 무서운 그림을 보여주기 전에 반응이 뚜렷했다는 것이

171

이다. 가령 기어 다니는 뱀의 사진이 눈앞에 나타나기 10초 전부터 심장이 더 빨리 뛰었다는 것이다. 또 눈이 커지고 뇌의 활동도 변화했다고 했다.

이 실험에서 무서운 사진은 평범한 사진들 사이에 무작위로 끼워져 있어서 피실험자들은 무서운 사진이 나타날 것을 미리 알 수 없었다. 피실험자들은 아무런 힌트도 받지 않았다. 그런데도 피실험자들의 심장이 반응을 보였다는 것을 근거로 심장이 미래를 느낀다는 결론이 가능해진 것이다.

논란의 여지가 많은 연구 결과다. 과학적이지 않다는 지적이 적지 않았다. 하지만 사람에게 미래 예감 능력이 있다는 주장은 매혹적이다. 내게도 초능력이 있다는 말이 되기 때문이다.

그런데 미래를 느끼는 정도야 괜찮겠지만 미래를 멀리 그리고 정확히 아는 것은 좋은 일이 아니다. 미국 작가 리처드 매드슨Richard Matheson의 한 소설에 이런 대목이 나온다. "죽는 것보다 더 나쁜 일이 딱 하나 있었다. 언제 어떻게 죽을지 아는 것이다." 나의 죽음은 생각만 해도 싫다. 그런데 내가 언제 어디서 어떤 이유로 죽을지 훤히 안다면 죽는 것보다 싫을 것이다.

꼭 죽음이 아니더라도 미래를 미리 보는 것은 좋지

않다. 내 미래를 안다는 것은 드라마 결론을 미리 아는 것과 같다. 영화관을 빠져나오는 관객들의 대화에서 듣는 스포일러와 다르지 않다. 미래를 알 수 없기에 우리의 삶은 더욱 흥미진진하다. 가끔 들어맞는 예감 정도로 충분하다.

우리는 기적 같은 존재다

행운을 부르는 아주 쉬운 방법

한 남자가 계단에서 미끄러져서 다리가 부러졌다. 목발을 짚고 다녀야 하는 그에게 한 심리학자가 물었다. "운이 없었다고 생각하십니까?" 대부분 사람들은 운이 없었다고 답했을 것이다. 왜 하필 미끄러운 바닥을 밟아서 다리가 부러졌는지 원통하다고 해도 이상하지 않다. 그러나 남자는 자신이 행운아라고 말했다. "행운이에요. 다리가 아니라 목뼈가 부러질 수도 있었으니까요." 전신 마비가 될 불행을 피한 것이니 도리어 행운이라고 그 남자는 생각했다.

영국 심리학자 리처드 와이즈먼Richard Wiseman이 2003년 1월 3일 『텔레그래프』에 기고한 글에 나오는 사연이다. 와이즈먼은 '행운 연구자'로 유명한 학자다.

와이즈먼의 지론은 한마디로 요약할 수 있다. 운이 좋다고 생각하면 운이 좋아진다는 것이다. 다리가 부러지는 불운을 겪었어도 행운이라고 기뻐하는 사람은 마음이 밝다. 에너지가 넘친다. 그는 새로운 도전에 나설 수 있으며 마음이 밝은 만큼 목표를 성취할 가능성이 높아진다. 행운이라고 믿는 사람에게 행운이 찾아간다.

반대로 다리 골절을 지독한 불운이라고 한탄하면서 고개를 떨군 사람은 도전을 꺼릴 것이다. 마음이 어둡고 기운도 나지 않는 것이 당연하다. 새로운 기회를 잡을 가능성이 낮은 이유다. 자신이 불운하다고 생각하는 사람은 더 불운해지는 악순환에 빠지게 된다.

우리는 행운 또는 불운을 선택할 수 있으며, 그 선택이 운명을 결정한다. 미국 작가 로이 T. 베넷Roy T. Bennett이 이렇게 조언했다. "태도는 선택이다. 행복도 선택이다. 낙관주의도 선택이다. 친절도 선택이다. 나눔도 선택이다. 존경도 선택이다. 당신의 선택이 당신을 만든다. 현명하게 선택해야 한다."

나는 행운이라는 생각을 선택하면, 그 선택이 나를 바꾼다. 내가 내 운명을 변화시킬 수 있다.

의지력도

믿는 대로 된다

우리는 가끔 자아 고갈ego depletion 상태에 빠진다. 자아 고 갈은 의지력의 방전 상태다. 무엇인가를 해내겠다는 투지 가 완전히 소모되어 주저앉은 상태다. 며칠 공부하고서는 '나는 한계야. 더 공부할 수 없어'라고 생각한다면 자아 고 갈 상태다. 사업가가 '이번에도 실패야. 나는 완전히 지쳤 어, 몇 달 쉬어야겠어'라고 생각한다면 자아 고갈 상태다.

물론 피곤한 사람은 쉬어야 한다. 여행도 필요하 다. 하지만 습관적 자아 고갈은 문제다. 어려움을 한두 번 겪으면 에너지가 소진되었다고 치부해버리는 습성은 좋 지 않다. 그런 문제는 마음을 고쳐먹음으로써 해결할 수 있다.

기억해야 할 것이 있다. 내 생각이 내 의지를 강하게 한다. 내 의지가 강하다고 믿으면 의지가 정말로 강해져서 자아 고갈 현상이 줄어든다. 가령 "아직 나에게는 힘이 얼마든지 남아 있어"라고 생각하면 더 버틸 수 있다는 것이다.

2013년 미국의 심리학자로 스탠퍼드대학 교수 그레고리 월턴Gregory Walton이 연구한 바에 따르면, 의지력에 한계가 있다고 생각하면 자아 고갈이 쉽게 찾아온다. 반면 의지력이 무한하다고 믿으면 자아 고갈 상태를 맞지 않을 확률이 높아진다.

가령 시험공부를 10일 동안 열심히 했다고 해보자. '이제 힘이 다 빠졌어'라고 생각하면 정말 힘이 빠지게 된다. 반면 '나에게는 아직 강한 의지력이 남아 있어'라고 생각하면 더 버틸 힘이 생긴다.

신기한 일이다. 생각하는 대로 의지력의 크기가 달라진다는 것이 말이다. 의지력이 강하다고 믿으면 나는 더욱 강해진다. 반면 의지력의 한계에 다다랐다고 믿으면 약해진다. 나의 의지력은 내 마음대로 된다.

'멍 때리는' 중에도 --------

-------- 뇌는 일하고 있다

인간은 생각을 안 하는 동안에도 생각할 수 있다. 딴 생각을 하는 사이에 뇌가 알아서 해결책을 찾아낸다. 2006년 네덜란드의 사회심리학자로 라드바우드대학의 아프 데익스테르후위스Ap Dijksterhuis 박사는 의식이 쉬는 동안 무의식이 대신 생각해서 답을 얻는다는 흥미로운 연구 결과를 발표했다.

연구팀은 사람들에게 어려운 선택을 하도록 했다. 위치가 다양하고 크기도 다르며 이웃 환경도 제각각인 수많은 변수를 고려해서 최적의 아파트를 고르도록 한 것이다. 변수들은 서로 충돌한다. 가령 위치가 좋으면 크기가 작고 크기가 크면 너무 외떨어져 있는 식이다. 고려할 것이 많아서 적합한 아파트를 결정하는 것이 쉽지 않다. 어떻게 해야 답을 찾을 수 있을까? 집중적으로 생각한다고 좋은 답이 나오지 않는다. 의외로 아파트 고르기와는 상관없는 딴 일을 한 뒤에 좋은 결정이 나왔다.

산책을 하거나 잠시 텔레비전을 본 후에 나도 모르게 문제 해결책이 떠오르는 경우가 있다. 어떤 때는 골치 아픈 문제로 하루 종일 고민했는데 자고 아침에 일어나니 해답을 알게 된다. 내가 생각을 하지 않아도 무의식이 대신 답을 찾아내 알려주기 때문이다.

결정하기 힘든 일이 있으면 시간 여유를 가져야 한다. 골치 아픈 문제를 잠시 잊고 간단한 게임을 하거나 차를 한잔 마시는 것도 괜찮다. 안달할 필요가 없다. 무의식이 대신 생각해줄 것이기 때문이다. 얼마나 편한가? 우리 뇌 속에 인공지능 컴퓨터가 하나 들어 있는 것과 같다. 그 인공지능 컴퓨터가 저절로 생각해주는 것이다. 우리는 그저 딴짓을 하면서 조금만 기다리면 된다.

사람의 미소는 - - - - - - - - - -

- - - - - - - 양도 행복하게 한다

지구에는 약 10억 마리의 양이 살고 있다고 한다. 양은 시
야각이 대단히 넓어서 주변 360도를 거의 한눈에 볼 수 있
다. 앞을 보면서 뒤도 볼 수 있는 셈이다. 또한 양은 성별에
따라 무리를 짓는데, 숫양은 50마리 정도가, 암양은 100마
리 정도가 무리를 이룬다.

　양은 귀엽고 온순하지만 특별히 영리하지는 않다
는 이미지가 있다. 하지만 그것은 오해다. 양도 영리한 동
물로, 특히 기억력이 좋다. 감정 판별 능력도 있어서 사람
의 표정에서 감정을 읽을 수도 있다.

　영국의 신경과학자 케이스 켄드릭Keith Kendrick 박
사에 따르면, 양은 친구 양 50마리의 얼굴을 기억하며 그

기억이 2년 정도 유지된다고 한다. 미세한 차이도 놓치지 않는다. 친구들의 얼굴 차이가 5퍼센트 이하여도 알아보고 기억을 머릿속에 저장한다. 양은 사람의 감정도 읽는다. 사람의 화난 표정과 웃는 표정을 양에게 보여주었더니 양의 반응이 달랐다고 한다. 화난 표정 앞에서는 긴장하고 떨었지만 웃는 표정이면 마음이 안정되었다는 것이다.

사람 표정을 읽는 양의 능력은 정말 대단하다. 그렇다면 사람의 미소가 종의 경계를 뛰어넘어 행복을 전파한다고도 할 수 있지 않을까? 사람의 웃는 얼굴은 동물까지 행복하게 한다. 강아지나 고양이도 우리가 웃으면 기뻐할 것이다. 사람에게는 미소만으로 말이 통하지 않는 동물들마저 행복하게 하는 놀라운 능력이 있는 셈이다.

별나고 사랑스러운 이들

달을 봐,

저기 네 이름이 있어

가장 좋은 선물은 무엇일까? 최고를 가리기 힘들지만 조건 없는 사랑은 그중 하나일 것이다. 보호자의 무조건적인 사랑이 없다면 갓난아이는 생존하고 성장할 수 없다. 보호자의 무조건적 사랑은 아기에게 절대적으로 필요한 선물이다. 행복도 좋은 선물이다. 내가 행복한 것만으로도 주변 사람이 행복해지기 때문이다. 굳이 뭘 해주지 않아도 내가 행복한 것 자체가 가족과 연인에게는 좋은 선물이 된다. 친구도 좋은 선물이다. '친구는 자신에게 주는 좋은 선물이다'라는 말이 있다. 좋은 친구를 사귀는 것은 자신에게 할 수 있는 최고의 선물이다.

그러면 자녀에게 줄 수 있는 가장 좋은 선물은 무

엇일까? 아주 많겠지만 마지막으로 달을 밟은 우주인 유진 서넌Eugene Cernan은 인류 역사를 통틀어 가장 특별한 선물을 딸에게 했다. 달 표면에 딸의 이름을 써놓은 것이다.

1972년 달에 간 서넌은 달 표면에 'TDC'라고 써놓았다. 딸 테리사 돈 서넌Teresa Dawn Cernan의 이니셜이다. 달은 아주 먼 곳이고 사고가 일어나면 지구로 돌아가지 못할 수도 있다. 서넌은 아마 딸이 무척 그리웠을 것이다. 서넌은 "먼 미래 누군가가 달에 도착해서 월면차와 발자국과 딸 이니셜을 발견하고는, 내가 남긴 글자가 무슨 뜻인지 궁금해할 것 같다"라고 말했다.

누가 문질러서 지우지만 않는다면 'TDC'는 아주 오랫동안 달에 남아 있을 것이다. 수백 년 동안 남을 거라는 사람도 있고 수만 년 동안 지워지지 않을 거라는 예상도 있다. 서넌은 2017년 82세의 나이로 세상을 떠났다. 서넌의 딸은 달을 볼 때마다 아빠 생각을 할 것이다. 서넌은 딸의 이름뿐 아니라 자신의 마음을 달에 남긴 셈이다.

세상에는 서넌처럼 사랑이 깊은 데다 아이디어까지 좋은 사람이 있다. 그런 사람들이 우리의 희망이다.

별나고 사랑스러운 이들

화성에서 열린 ----------

------------- 생일 파티

사람은 로봇도 사랑할 수 있을까? 불가능하지 않은 것 같다. 로봇의 생일 파티를 열어준 사람들이 있기 때문이다.

2013년 8월 태양계에서 가장 외로운 생일 파티가 열렸다. 화성 탐사 로봇 큐리오시티가 자기 생일을 맞아 스스로 〈해피 버스데이〉를 불렀다. 큐리오시티는 협정 세계시 기준 2012년 8월 7일 화성에 착륙했다. 사람은 지구에서 태어난 날이 생일이듯, 큐리오시티에게는 화성 착륙일이 생일이다. 큐리오시티가 첫돌을 맞자 미국항공우주국NASA의 엔지니어들은 큐리오시티가 생일 축하 노래를 부르도록 했다.

큐리오시티가 화성에서 하는 일은 토양 분석이다.

로봇 팔로 흙을 집어서 분석 장치에 넣는다. 흙을 받은 분석 장치는 진동으로 샘플이 용기 바닥에 골고루 깔리게 한다. 샘플을 가열하면 증기가 나오는데 과학자들은 그 증기를 이용해 토양 성분을 추정한다.

큐리오시티는 이 진동 기능으로 생일 노래를 불렀다. NASA 엔지니어들이 진동음이 〈해피 버스데이〉처럼 들리도록 프로그램한 것이다. 큐리오시티가 매년 생일 노래를 부른다는 소문이 있지만 사실이 아니다. 2013년 딱 한 해 불렀다고 한다.

그래도 큐리오시티가 화성에서 생일을 자축한 것은 마음을 찡하게 한다. 외로운 로봇을 연민하고 생일 노래를 부르게 했던 NASA 엔지니어들의 마음이 와닿기 때문이다. 로봇을 의인화해서 사람처럼 생각하는 것일 수도 있다. 사람처럼 큐리오시티도 수명에 한계가 있다. 원자력 전지로 작동하는데 기대 수명은 14년이다. 2026년까지 건재할 텐데 다행스러운 선례가 있어서 그보다 오래 살지도 모른다.

큐리오시티의 선배 화성 탐사 로봇 오퍼튜니티는 기대 수명이 90일이었는데 15년 동안 활동하면서 강인한 '생명력'을 보였다. 오퍼튜니티의 '죽음'은 슬프다. NASA의 과학자 제이컵 마골리스Jacob Margolis가 밝힌 바에 따르면, 2018년 수명이 다하기 직전에 오퍼튜니티는 다음과 같은 메시지를 보냈다고 한다. "배터리가 떨어졌어요. 그리고 어두워지고 있어요." 태양계에서 가장 쓸쓸한 '유언'이었다.

프링글스 발명가는

프링글스 속에 잠들었다

감자 칩을 포장하는 방법은 크게 2가지다. 하나는 비닐 봉지에 넣는 것이다. 또 다른 방법은 튜브 모양의 원통을 활용하는 것이다. 원통에 넣으면 차곡차곡 쌓을 수 있어 공간 활용도가 높고 먹기도 좋다. 파손 위험이 줄어드는 것도 물론이다.

단순하면서도 효율적인 원통 포장법을 발명한 사람은 미국인 프레드릭 바어Fredric Baur다. 그는 튀김 기름이나 냉동 건조 아이스크림 등을 개발하는 데 기여한 것으로도 유명하다. 오하이오대학에서 박사 학위를 받은 화학자였던 바어는 일에 대한 열정이 대단했다고 한다. 또 상식을 깨뜨리는 것을 주저하지 않았다. 획기적인 물건을 발명하는 것이 그의 평생의 꿈이었다.

바어는 알츠하이머병으로 고통받다가 2008년에 사망했는데, 독특한 장례 방식 때문에 이목을 끌었다. 그는 오래전부터 자신의 골분을 프링글스 통에 넣어서 묻어 달라고 요구했고, 자녀들은 실제로 그렇게 했다. 프링글스 통에서 영면하겠다는 말을 들은 자녀들은 처음에는 농담인 줄 알고 웃었다고 한다.

그러나 바어는 진지했다. 프링글스는 그의 자부심이고 기쁨이었다. 감자 칩 통 속에 들어가겠다는 말이 누군가에게는 우스갯소리로 들리겠지만, 프링글스는 그가 삶을 통틀어 가장 좋아했던 인생의 시그니처다. 영원히 함께하고 싶은 것이 당연하다.

사람은 죽을 때 가장 소중한 것이 떠오른다. 우리는 못 견디게 사랑하는 것을 마음에 담고 떠나게 된다. 바꿔 말해서 죽어도 잊기 싫은 것이 있다면 그것을 진정으로 사랑하고 있는 것이다. 바어처럼 가장 사랑하는 것, 가장 자랑스러운 것을 하나쯤 만들어놓아야 죽을 때 덜 외롭지 않을까.

달콤하고

영원하고 행복한 것

알렉산드로스대왕의 시신은 사람 모양의 관에 넣어졌는데, 그 관에는 꿀이 가득 차 있었다고 한다. 당시 사람들은 꿀에 상처를 치유하는 신비한 힘이 있다고 믿었기 때문이다. 알렉산드로스대왕의 영생을 기원했을지도 모른다. 꿀은 영원하기 때문이다.

순수한 꿀은 상하지 않는다. 사람이 먹는 모든 음식은 먹을 수 없는 것으로 변하는데 꿀은 예외다. 꿀은 조건만 맞으면 영원히 변질되지 않는 실로 기적과도 같은 음식이다.

꿀이 썩거나 상하지 않는 것은 수분이 거의 없고, 산성이기 때문이다. 꿀은 미생물이 살기 어려운 음식물인

191

것이다. 완벽한 형태의 꿀은 썩을 수가 없다. 다만 수분이 섞이면 안 되므로 건조한 곳에 보관해야 한다.

"인생이 꽃이라면 사랑은 꿀에 해당한다"고 빅토르 위고Victor Hugo가 말했다. 사랑은 꿀처럼 달콤하다. 인생을 뜨거운 행복감으로 채워주는 것은 사랑이다. 그런데 꿀과 사랑의 차이점도 있다. 꿀은 상하지 않는데 사랑은 얼마든지 변질된다. 단 하루 만에 사랑은 식어서 못 쓰게 되는 경우가 허다하다. 또 베르테르나 로미오처럼 이룰 수 없는 사랑은 사람을 해치기도 하지만 꿀은 억지로 많이 먹지 않는 이상 치명적이지 않다.

꿀이라고 하면 '곰돌이 푸'를 빼놓을 수 있다. A. A.

밀른A. A. Milne의 책을 보면 푸가 가장 좋아하는 것이 무엇인지 결정하지 못해서 난처해하는 장면이 나온다. 푸가 가장 좋아하는 것은 꿀을 먹는 것이다. 그런데 하나가 더 있다. 푸는 꿀을 먹기 직전의 순간도 굉장히 좋아한다. 때로는 꿀을 먹을 때보다 먹기 직전이 좋다고 푸는 생각한다.

꿀을 먹는 동안이 좋을까? 아니면 꿀을 먹기 직전이 더 좋을까? 참 어려운 질문이다. 애인을 만나는 동안이 더 행복할까? 아니면 애인과 만나기 5분 전이 더 행복할까? 아기를 꼭 껴안을 때와 아기가 나를 향해 아장아장 걸어올 때 중에서 어느 쪽이 기쁠까? 답하기 쉽지 않다. 우리 삶에는 좋은 순간이 너무 많다.

돌고래는 사람을 ----------

---------- 사랑한다

2002년 호주인 그랜트 딕슨Grant Dickson은 낚시를 하다가 보트가 가라앉는 사고를 당했다. 그는 다리에 상처까지 입고 부유물에 의지해 버티고 있었는데 상어가 하나둘 모여들기 시작했다. 주변에 사람은 아무도 없었다. 헤엄쳐 달아나는 것도 불가능했다. 절망적인 상황을 돌고래들이 역전시켰다. 돌고래들은 딕슨 주위를 돌면서 상어의 접근을 막았다.

2007년에는 서핑을 즐기던 미국인 토드 엔드리스 Todd Endris가 백상아리를 만났다. 죽는 것 말고는 다른 수가 없을 것 같았지만 돌고래가 구조대처럼 나타났다. 병코돌고래 15마리 정도가 상어와 사람 사이를 가로막아준 덕분

에 엔드리스는 생명을 잃지 않았다.

　　돌고래가 위기에 빠진 사람을 구한 사례는 적지 않다. 왜 돌고래는 죽을 고비에 처한 사람을 도울까? 정확한 이유는 알 수 없지만 2가지 추정이 있다. 먼저 상어에게서 생명을 구하는 습성이 있기 때문이다. 돌고래는 친구나 가족이 상어에게 먹히지 않도록 돕는 데 익숙하다보니 같은 처지의 사람도 반사적으로 구하게 된다는 가설이다.

　　지능 높은 돌고래가 사람의 공포감을 이해하기 때문이라는 설명도 가능하다. 사람의 울부짖음이나 심장박동 소리를 듣고 연민을 느껴서 돕는다는 것이다. 상어의 공격 때문이 아니라 물에 빠져 죽을 위기의 사람을 돌고래가 구했다는 기록도 있다. 이런 경우는 상어에 대한 경계심과는 관계가 없으니 순수한 연민에서 사람을 도운 것일지도 모른다. 사람이 길 잃은 강아지를 돕듯이 돌고래도 사람이 가여워서 도와준 것이 아닐까?

돌고래의 연민 덕분에 '사랑'의 뜻을 떠올리게 된다. 아우구스티누스가 『고백록』에서 말했다. "사랑은 어떤 모습일까? 사랑은 남을 돕는 손을 가졌다. 불쌍하고 가난한 사람들에게 급히 달려갈 발이 있다. 또한 사랑은 비참함과 곤궁을 보는 눈이 있다. 그리고 사람의 한숨과 슬픔을 듣는 귀를 가졌다. 그것이 사랑의 모습이다."

돌고래들은 비명이나 울음소리를 듣고 급히 달려가 사람을 돕는다. 보상도 없는데 헌신한다. 사람 마음에서도 찾기 힘든 사랑이 돌고래 마음에 있는지도 모른다.

혹등고래는 ------------

----------- 바다의 신사다

범고래는 바다에서 가장 강력한 포식자로 꼽힌다. 범고래는 같은 고래류도 공격하는데, 혹등고래 새끼도 범고래가 노리는 대상이다. 범고래들이 새끼 혹등고래를 공격해오면 어미는 필사적으로 막는다. 먼저 범고래들을 겁주어서 쫓아내려고 하고 그래도 접근해오면 5미터가 넘는 꼬리로 범고래를 밀어낸다.

그런데 혹등고래가 자기 새끼를 구하려고 범고래와 맞서는 것은 10퍼센트 정도다. 90퍼센트는 다른 동물을 구하기 위한 싸움이다. 혹등고래는 물개, 바다사자, 돌고래 등 다른 동물을 구한다. 범고래의 공격을 받은 가오리를 구했다는 기록도 있다.

혹등고래는 왜 다른 동물을 위해서 다칠 위험을 무릅쓰고 싸우는 것일까? 과학자들도 정확한 이유는 모르지만 추정은 가능하다. 범고래를 적으로 보기 때문이라는 설명이다. 새끼를 보호하려고 범고래와 싸우다보니, 범고래를 적으로 삼게 되어 어떤 동물을 공격하든 반사적으로 개입하게 되었다는 것이다.

혹등고래처럼 이타적인 동물은 드물다. 혹등고래 덕에 생명을 구한 동물들에게 혹등고래는 거대한 천사처럼 보일 것이다. 힘없는 동물을 보호하는 혹등고래는 『해리 포터와 불의 잔』의 한 구절을 떠올리게 한다. "그가 어떤 사람인지 알고 싶다면 그가 동등한 사람이 아니라 자기보다 못한 사람을 어떻게 대하는지 잘 보세요."

자기보다 강한 사람에게 친절하기는 쉽다. 착하고 예의 바른 척 저절로 연기를 하게 된다. 약한 존재 앞에서 보이는 태도가 본성이다. 위험을 감수하면서 약한 동물을 돕는 혹등고래는 높고 빼어난 마음을 가졌다. 혹등고래와 함께 지구에 사는 것은 기분 좋은 일이다.

바이킹의 결혼 선물은 ------

------------ 고양이였다

바이킹 사회에는 특이한 풍습이 있다. 바이킹 전사가 결혼할 때는 신부에게 새끼 고양이를 선물했다. 바이킹에게는 고양이가 새로운 가정을 만드는 데 필수였다. 고양이가 사랑을 상징하기 때문이다.

고양이는 북유럽신화에 나오는 여신 프레이야의 마차를 끄는 동물이다. 프레이야는 로마신화의 비너스와 비슷하다. 사랑, 결혼, 다산, 아름다움 등을 상징하는 이 여신은 몹시 아름다워 신은 물론이고 거인과 난쟁이 그리고 인간까지도 그녀에게 매료되었다.

프레이야는 아름다울 뿐 아니라 몸에서 보석을 만들어냈다고 한다. 황금 알을 낳는 거위는 아무것도 아니

　다. 프레이야가 흘린 눈물은 금이나 호박 등 보석으로 변한다.

　프레이야는 매의 깃털로 만든 망토를 입고 아주 빠르게 날아다녔으며, 땅 위에서는 멧돼지를 타고 다녔다. 힐디스비니라는 멧돼지는 프레이야를 사랑한 사람 오타르가 변신한 것이라고 한다. 프레이야의 탈것은 여러 가지였지만 고양이 마차가 단연 대표적이다. 고양이 두 마리가 끄는 마차에 프레이야가 앉아 있고 그 주변에 천사들이 날며 노래하는 광경을 그린 그림이 유명하다.

　바이킹 사회에서는 고양이가 프레이야를 대신해서 신혼 가정에 사랑과 다산을 가져다줄 것이라고 생각했다. 이들이 선물한 고양이는 노르웨이 숲 고양이다. 신부에게 고양이를 선물한 풍습은 귀엽다. 포악하고 강인한 이미지를 가졌지만 바이킹의 속마음은 여리고 예뻤던 것이 아닐까.

동물을 ----------------

-------- 외롭게 두지 말 것

"누군가와 함께 깨어났는데 여전히 외로운 것보다는 혼자 깨어나는 것이 낫다." 노르웨이 영화감독 리브 울만Liv Ullmann의 말이다. 맞는 말이지만 그렇다고 외로움이 좋다는 뜻은 아니다. 누구도 외롭고 싶지 않다. 좋은 사람들과 함께 하고 싶다. 그것이 사람의 본성이다.

동물은 어떨까? 종에 따라 다르지만 고립을 특히 못 견디는 동물이 있다. 그런 동물이 외롭지 않도록 보살피는 것이 인간의 의무라고 생각하는 사람들이 있다.

스위스에서는 무리 지어 사는 동물을 한 마리만 기르면 안 된다. 무리 동물을 하나만 떼어놓는 것은 동물 학대 행위이기 때문이다. 2008년 시행된 스위스의 동물보

호법은 기니피그, 생쥐, 친칠라, 앵무새, 금화조 등 한 마리만 기르면 안 되는 동물을 정해놓았다. 모두 친구와 함께 살아야 행복한 동물이다. 토끼는 첫 8주 동안 혼자 있게 하지 말아야 하며 그 뒤에도 가능하면 친구들과 살게 하는 게 좋다고 한다. 여러 마리를 키우는 것이 어려우면 가끔 다른 토끼의 소리를 듣고 냄새를 맡게 해야 한다.

그런데 문제가 있다. 두 마리 동물 중 한 마리가 먼저 죽을 수 있다. 그러면 혼자 남은 동물은 외로워진다. 이런 경우 본의는 아니지만 동물을 고립시킨 것이 되어 곤란하다. 그래서 동물의 사별에 대비해 기니피그 등을 긴급히 대여해주는 사업까지 생겼다.

그런데 혼자인 사람은 어떻게 해야 할까? 다행히도 사람은 기니피그와 다르다. 함께 있고 싶은 게 사람의 본능이지만, 때로는 고독도 필요하다. 작가 파울루 코엘류 Paulo Coelho가 고독이 이로운 이유를 설명한다. "혼자 있지 않으면 자신을 절대 알 수 없다. 또 자신을 모르면 공허를 무서워하게 된다."

남들과 섞여 있는 동안 내가 안 보인다. 혼자 있어야 자신을 알게 되고 인생의 공허 앞에서 흔들리지 않는 힘을 얻게 된다. 그러고 보니 기니피그는 좋겠다. 기니피그는 삶의 공허를 모를 테니까 고독할 필요가 없다.

연민은 - - - - - - - - - - - - - - -

- - - - - - - - - - 없어도 괜찮다

점자는 시각 장애인에게 감동과 지식을 얻게 해주는 언어
다. 점자를 만든 사람은 프랑스인 루이 브라유Louis Braille로,
그는 불과 15세 때 점자 체계를 발명했다.

브라유는 3세 때 아버지의 가게에서 놀다가 한쪽
눈을 다쳤다. 치료를 했지만 감염을 막지 못했고 결국 두
눈의 시력을 모두 잃게 된다. 당시에도 알파벳을 도드라지
게 인쇄하는 기술이 있었지만 비효율적이었다. 복잡한 알
파벳을 촉각으로 구별하기 어려워서 글 읽는 속도가 느릴
수밖에 없었다.

브라유는 점 6개로 알파벳을 표현하는 점자 체계
를 만들었으나 그가 살아 있을 때는 점자가 거의 활용되지

못했다. 평생 병약했던 브라유는 1852년 43세의 나이로 숨을 거두었는데, 그의 점자 시스템이 유럽에 널리 퍼지기까지 30년 가까운 세월이 더 흘러야 했다. 브라유 자신도 15세 때 발명한 점자가 장애인들에게 혁명과 같은 희망이 될 것은 확신하지는 못했을 것이다.

브라유는 장애인에 대한 편견도 교정해야 한다고 믿었다. "우리는 동정이 필요하지 않습니다. 우리가 약하다고 생각할 이유도 없고요. 우리는 동등하게 여겨져야 합니다."

우리는 장애의 유무를 떠나서 어떤 이유로든 누군가 나를 연민하면 유쾌하지 않다는 것을 알고 있다. 연민이 아니라 존중을 나누는 동등한 관계가 이상적이다.

그리고 시각 장애보다 나쁜 것이 있다. 헬렌 켈러 Helen Keller의 말이다. "앞을 못 보는 것보다 나쁜 게 딱 하나 있습니다. 시력은 있는데 꿈이 없는 것입니다."

시력이 없어도 꿈을 가질 수 있다. 시력이 없어도 새로운 문자 체계를 만들어낼 수 있다. 부족한 조건이 행복을 꺾거나 성공을 막지 못한다.

가난한 이들의 ----------

------------- 큰 선물

2001년 9월 11일 미국에서 9·11 테러가 일어났다. 테러리스트에게 납치된 4대의 여객기가 자살 비행을 하면서 미국 사회에 유례없는 혼란과 공포를 일으켰다. 그중 2대는 뉴욕 맨해튼의 세계무역센터를 들이받았다. 피해는 막대했다. 여객기는 폭발했고 빌딩도 먼지를 뿜어내며 주저앉았다. 인명 피해도 컸다. 이 테러로 3,000명에 가까운 미국인이 희생되었다.

전 세계를 뒤흔든 사건이지만 케냐의 마사이 부족이 이 소식을 들은 것은 6개월이 지나서였다. 그들은 무자비한 폭력을 휘둘러 죄 없는 사람들을 희생시킨 것은 잘못이라고 생각했다. 또 미국에 대해 잘 몰랐지만 고통에 시

207

달리는 미국인들을 깊이 연민하게 되었다.

마사이 사람들은 상의 끝에 선물로 미국인의 아픔을 달래기로 했다. 그들이 선택한 선물은 소였다. 9·11 테러 당시 뉴욕에서 공부하던 키멜리 나이요마하가 주선한 덕분에 마사이 사람들은 미국 대사관 측에 소 14마리를 기증하게 된다.

마사이 사람들은 대부분 수도나 전기 없이 자연 속에서 소박하게 살아간다. 그들에게 소는 가장 가치 높고 중요한 재산이다. 그렇게 귀한 소를 선물한다는 것은 재산을 나누는 것 이상의 의미가 있다. 소는 깊은 존경이나 연민을 담은 선물이다. 가장 가난한 사람들이 가장 부유한 나라 사람들을 위해 더 가난해지기로 결심한 것이다.

지구에는 좋은 일이 많다

지구는 ----------------

-------- 인간을 돌보아준다

인간이 가장 행복한 기온은 13.9도라고 한다. 그런데 지구
가 인간을 사랑하는 것일까? 지구는 100년 동안 인간이
가장 행복한 기온을 유지해주었다.

2013년 일본의 경제학자로 오사카대학 경제 대학
원 쓰쓰이 요시로簡井義郎 교수는 기온이 몇 도일 때 사람이
가장 행복한지 연구했다. 그리고 섭씨 13.9도가 가장 행복
한 기온이라는 결론을 발표했다. 조사는 인터뷰를 통해 이
루어졌다. 17개월 동안 오사카대학 학생들에게 기분이 어
떤지 질문하고 답을 받았다. 누적된 자료가 3만 2,000건에
달했는데 분석 결과 사람의 행복감이 최고치에 오르는 기
온은 13.9도로 나타났다.

13.9도는 3월과 10월 정도의 기온이다. 이때는 얇지도 두껍지도 않은 재킷을 입을 수 있다. 후드나 바람막이나 야상 중에서 아무거나 입어도 된다. 움직여도 땀이 나지 않아서 쾌적하고 천천히 산책 다녀도 춥지 않을 기온이어서 기분이 좋다.

그런데 지구가 인간이 가장 행복한 기온인 13.9도를 유지해왔다. 그것도 100년씩이나 말이다.

미국국립해양대기청 사이트 www.noaa.gov를 보면 알 수 있다. 1901년에서 2000년까지 해양과 육지를 합친 평균 기온은 섭씨 13.9도(화씨 57.0도)였다. 지구는 인류가 가장 행복해하는 온도를 100년 동안이나 선물했던 것이다. 사람들에게 생색내지 않고 묵묵히 사람들을 보살펴왔다. 인류는 가장 행복한 기온의 행성에 살고 있는 것이다. 무척 다행스러운 일이다.

한반도도 기분 좋은 기온을 자주 선물한다. 기상청 자료에 따르면, 2017년 4월 서울의 평균 기온이 13.9도였다. 2018년 10월 전주의 평균 기온이 13.9도였다. 제주도는 2018년 11월 평균 기온이 13.9도였다. 모르고 지날 뿐 우리는 자주 행복하다. 지구가 우리도 모르게 우리를 지켜준다.

나무는 사람을 보살핀다

나무는 사람의 건강을 돌보아주고 생명을 지킨다. 미국 농무부 산림청 소속 과학자 데이비드 노워크David Nowak가 2014년 발표한 논문이 나무가 사람에게 얼마나 고마운 존재인지를 입증한다. 그는 미국 내에 있는 나무들이 1년 동안 850명의 생명을 살리며 67만 건의 급성 호흡기 질환을 예방해준다고 했다.

나무가 오염 물질을 제거해준 덕분이다. 컴퓨터 시뮬레이션을 통해서 보면 2010년 한 해 동안 나무와 숲이 미국 내에서 제거한 공기 오염 물질은 1,740만 톤에 이른다. 오염된 공기는 폐를 망가뜨리거나 암을 일으킨다. 뇌에 손상을 주기도 한다. 공기 오염이 심한 도시에 사는 사람들은 나무의 도움을 더욱 많이 받는다.

나무가 하는 좋은 일은 더 있다. 우선 뜨거운 도시를 식혀준다. 집에 나무가 많으면 여름에 에어컨을 덜 써도 된다. 나무가 에너지 소비를 줄여주는 것이다. 나무는 또한 수질을 보호하고 토양을 비옥하게 해준다.

사람의 마음도 나무가 보살핀다. 나무가 많은 곳에서는 사람이 선해진다. 갈등이 줄어들고 폭력 등 범죄 발생 빈도도 낮아진다. 미국 일리노이대학의 윌리엄 설리번 William Sullivan이 2001년 발표한 논문에 따르면, 주변에 나무가 많고 자연 풍경이 있는 공영 주택에서는 가정 폭력을 포함한 폭력이 25퍼센트 줄어드는 것으로 나타났다.

나무는 우리를 위해 많은 일을 한다. 흙과 물과 공기를 깨끗하게 해주며 사람의 건강에 큰 도움을 주고 마음까지 안정되게 한다. 나무는 자신의 선행을 인정해달라고 바라지도 않고 대가를 요구하지도 않는다. 아무 소리 없이 가만히 인간을 돕는다. 도로에 서 있는 가로수 하나하나가 우리의 친구이며 보호자다.

엄마 나무와

아기 나무

아들이 살인자가 되자 엄마는 더 나쁜 짓을 저질러서라도 아들을 구하려고 한다. 엄마의 간절한 꿈은 이루어진다. 아들이 혐의를 벗고 풀려난 것이다. 그런데 다른 청년이 아들 대신 죄를 뒤집어썼다. 그 억울한 청년을 면회 간 엄마가 물었다. "넌 엄마 없니?" 봉준호 감독의 영화 〈마더〉에 나오는 대사다. 나무에게 물어보자. "넌 엄마 없니?" 나무는 답할 것이다. "엄마 없는 나무도 있니?"

나무에게도 엄마가 있다. 엄마 나무는 아기 나무와 대화하고 먹을 것도 보내준다. 자기들 방식으로 사랑하고 용기도 심어준다. 캐나다 브리티시컬럼비아대학의 생태학 교수 수잰 시머드Suzanne Simard의 주장이다.

시머드 교수에 따르면, 자작나무와 전나무는 땅속의 곰팡이류를 네트워크로 이용해 의사소통하고 영양분을 나눈다. 자작나무가 잎을 잃으면 전나무가 뿌리를 통해 탄소를 전해주며, 그늘에 있는 전나무에게는 자작나무가 탄소를 공급한다. 어려움을 겪는 친구를 돕는 것이다.

숲에는 엄마 나무가 있다. 가장 크고 나이도 많은 엄마 나무가 아기 나무들을 돌본다. 시머드 교수는 엄마 전나무가 새끼 나무들에게 탄소를 전달하는 것을 확인했다. 엄마 나무들은 어린 나무에게 공간을 마련해주려고 자신의 뿌리 구조를 바꾸기도 한다.

사람이 보기에 나무들은 따로따로 고립된 것 같지

만 그렇지 않다. 나무들이 서로 이어져서 고유한 방식으로 상호작용한다. 우드 와이드 웹Wood Wide Web이라는 것이 있다. 말하자면 나무들의 인터넷망이다. 사람들이 월드 와이드 웹World Wide Web으로 연결되어 있는 것과 같이 우드 와이드 웹이 나무들을 연결해준다. 많은 과학자가 존재를 인정하는 이 나무의 네트워크는 나무뿌리, 진균류, 박테리아로 이루어져 있다.

지구에는 약 3조 그루의 나무가 있다. 77억 명에 불과한 인간에 비하면 엄청난 숫자다. 이들 나무는 서로에게 무관심하지 않다. 침묵하지도 않는다. 지금 이 순간에도 지구 구석구석의 나무들은 소곤소곤 대화하며 서로 돕고 마음을 나누고 있다.

구름에서 ------------

------------ 뭐가 보여?

파란 하늘에 떠 있는 구름은 솜사탕을 닮았다. 풍선처럼 가벼울 것 같다. 하지만 실제 구름의 무게는 상당하다. 미국지질조사국에 따르면, 구름은 평균 500톤 정도 된다. 구름이 하늘에서 그대로 떨어진다면 지상은 폭격을 맞은 것처럼 파괴될 것이다. 다행히 구름 아래 공기층의 밀도가 높아서 구름은 하늘에 떠 있을 수 있다.

하늘에 뭉게구름이 없다면 얼마나 심심할까? 구름 없는 하늘은 얼어붙어서 파도와 거품을 못 만드는 바다처럼 단조로울 것이다. 하얀 구름이 있어 파란 하늘이 더 아름답다.

구름이 특별한 또 다른 이유가 있다. 상상력을 자

극하기 때문이다. 1969년에 나온 만화영화 〈찰리 브라운
이라는 아이A Boy Named Charlie Brown〉에는 구름에 관한 대화
가 나온다.

"구름이 아름답지 않니? 구름이 흘러가는 걸 보면
서 여기 하루 종일 누워 있을 수 있겠어. 상상을 하면 구름
에서 많은 게 보여. 라이너스. 너는 뭐가 보여?"

"음. 저 위의 구름은 카리브해에 있는 영국령 온두
라스의 지도를 닮았어. 저기 구름은 토머스 에이킨스의 옆
얼굴 같아. 유명한 화가 겸 조각가야. 또 옆으로 돌아선 사
도 바울도 보이네."

"그렇구나. 대단해."

"찰리 브라운, 너는 뭐가 보여?"

"음. 나는 오리와 말이 보인다고 말하려고 했는데
그만둘래."

신선한 공기가 ----------

---------- 힘을 준다

사랑받고 있다는 것을 우리는 어렵지 않게 알 수 있다. 연인의 눈빛을 보면 사랑을 확신하게 된다. 친구의 따뜻한 말과 강아지의 흔들리는 꼬리도 사랑을 또렷이 증명한다. 그런데 어떤 사랑은 느끼거나 알기 어렵다. 바로 풀과 나무가 주는 사랑이다.

소나무 향기는 스트레스를 줄여주고 몸과 마음을 편안하게 해준다고 알려져 있다. 풀 냄새도 마찬가지다. 도시 생활에 찌든 마음을 가라앉혀준다. 나무와 풀은 우리에게 편안함을 준다. 수혜자인 사람은 그 사실을 느끼지 못한다. 나무와 풀은 아무 소리 없이 조용히 사람 마음을 보살핀다. 공기처럼 있는 듯 없는 듯 하면서도 우리에게

꼭 필요한 도움을 주는 것이다.

신선한 숲의 공기를 마시면 왜 기분이 좋아질까? 다양한 설명이 가능하지만 이런 설명도 가능하다. 우리의 몸과 마음에 에너지가 충전되기 때문이다. 미국의 심리학자로 로체스터대학의 교수 리처드 라이언Richard Ryan이 2010년 논문에서 주장한 바에 따르면, 신선한 공기는 사람에게 힘을 준다. 피조사자들에게 물어보니 약 90퍼센트의 사람이 신선한 공기를 들이쉬면 에너지가 재충전되는 느낌이라고 답했다. 숲의 신선한 공기는 몸에 기운이 넘치게 하고 마음에 활력이 생기게 돕는다.

누구나 가끔 에너지가 방전된다. 의욕도 없고 힘도

빠지게 되면 사람들은 보통 커피를 한잔 마신다. 담배나 술에 의존하기도 한다. 그런데 에너지 방전 상태에서 회복하는 가장 좋은 방법은 숲에 가는 것이다. 이른 아침 공기는 더욱 신선하다. 숲속에 비라도 내리면 더욱 좋은 내음이 난다. 신선한 공기가 커피나 술보다 큰 힘을 준다. 몸에 해롭지도 않으면서 무료여서 더욱 좋다.

직접 숲으로 가는 것이 어렵다면 작은 화분을 앞에 두는 것도 방법이다. 화분도 조금이나마 신선한 공기를 만들어낸다. 환기를 자주 해도 신선한 공기를 마실 수 있다. 숲의 공기와는 비교가 안 되지만 그래도 새 공기가 몸과 마음에 힘을 준다.

트림이 나오는 것은 - - - - - - -

- - - - - - - - - - - - - 지구 덕분

사람 몸은 다양한 소리를 낸다. 말하고 속삭이고 노래하는 것도 다 소리를 만드는 과정이다. 후루룩 소리, 헐떡임, 비명, 한숨, 딸꾹질, 코골이, 재채기, 기침, 웃음도 다 소리다. 그런데 민망한 소리도 있다. 트림과 방귀는 듣는 사람이나 내는 사람 모두 난감해지는 신체의 소음이다.

　우리는 트림이 나오면 가능하면 숨기려고 한다. 입을 꽉 다물고 가스를 코로 뿜어내거나 입술 사이로 소량씩 분리 배출하는 기술이 에티켓에 속한다. 그런데 트림은 우리가 지구에 살고 있기 때문에 가능한 일이다. 우주정거장에서는 트림을 할 수 없다.

　지구에서는 트림하는 순간 중력이 개입해서 고체

와 액체 음식물을 아래로 당겨준다. 가벼운 기체만 분리되어 입을 통해서 빠져나간다. 무중력 상태에서는 이런 분리가 일어나지 않는다. 기체만 빠져나가지 못하고 음식물을 전부 토해내야 한다. 우주에서의 트림은 아주 고통스럽다. 지구에서는 편하게 트림할 수 있으니 다행이다.

오늘 방귀를 편하게 뀌었다면 역시 지구에 사는 것을 감사해야 한다. 우주정거장에서는 방귀가 아주 해롭다. 공기가 오염되고 밀폐된 좁은 공간에 악취가 떠돈다면 많이 힘들고 원인 제공자가 미울 것이다. 게다가 방귀는 가연성이다. 불이 붙는 방귀 가스는 불쾌한 것을 넘어서 위험하다. 그래서 양배추 같은 방귀 유발 식재료는 우주 정거장에서 금지되어 있다. 지구에 있는 것을 행운으로 알아야 한다. 지구 덕분에 우리는 마음껏 먹고 두려움 없이 가스를 배출할 수 있다.

가스 배출은 인간임을 입증하는 증거가 되기도 한다. 배우 케이트 윈즐릿Kate Winslet은 "나는 트림하고 방귀 뀐다. 나는 진짜 여자다"라고 말했다.

똑바로 앉으면 ----------

------- 기억력이 좋아진다

지금 이 순간에도 뇌에는 갖가지 기억이 떠다닌다. 좋은 기억, 나쁜 기억, 행복한 기억, 쓰라린 기억 등 종류가 참 많다. 기억은 제멋대로다. 무의식처럼 통제 밖에 있어서 어떤 기억이 불쑥 고개를 들지 우리는 알 수도 없고 손쓸 수도 없다.

기억이 기분을 좌우할 때가 많다. 어떤 기억이 떠오르느냐에 따라 기분이 달라진다. 즐거웠던 기억이 머릿속에 있으면 마음이 밝아진다. 반대로 창피하거나 쓰라린 기억이 머릿속에 맴돌면 기분이 가라앉는다. 트라우마도 기억에서 비롯되는 아픔이다.

지금 이 순간 기분을 좋게 만들 방법이 있다. 허리

를 펴고 똑바로 앉는 것이다. 바른 자세를 취하면 좋은 기억이 떠오르고 마음도 밝아진다. 반대로 구부정하게 앉거나 고개를 숙이고 있는 사람은 나쁜 기억에 사로잡힐 가능성이 높다. 기분도 어두워질 것이다.

허리를 펴고 정면을 응시하자. 고개를 젖혀서 하늘을 보는 것도 괜찮다. 곧은 자세로 앉으면 좋은 기억이 떠오르고 기분도 상쾌해진다. 이는 생체자기제어biofeedback 분야를 연구하는 미국 샌프란시스코주립대학 에릭 페퍼 Erik Peper 교수가 실험을 통해서 밝혔다.

바른 자세는 기분만 좋게 하는 것이 아니다. 기억력 향상에도 도움이 된다. 뇌에 혈액과 산소 공급이 원활해지기 때문에 최대 40퍼센트까지 기억력이 향상된다고 한다. 그러니까 바른 자세로 앉으면 공부도 잘되고 업무 효율도 높아지는 것이다.

기분이 가라앉고 의욕도 없다면 지금 허리와 가슴을 쫙 펴보자. 하늘을 보자. 바른 자세는 1초 만에 마음을 밝혀준다. 기분 전환은 참 쉬운 일이다.

악몽은 - - - - - - - - - - - - - -

- - - - - - - - - - 사랑의 표현이다

무서운 꿈을 꾸는 동안에는 숨쉬기 어렵고 땀을 삘삘 흘
리며 가슴이 쿵쾅거린다. 악몽은 환상일 뿐인데 꿈을 꾸는
동안에는 현실보다 사실적으로 느껴진다.

악몽은 상처 많은 사람을 더 자주 괴롭힌다. 핀란
드의 신경과학자 안티 레본수오Antti Revonsuo가 안전하게
자란 핀란드 아이들과 전쟁을 겪은 쿠르드 아이들의 꿈을
비교해보았다. 쿠르드 아이들이 악몽을 더 자주 꾸었고 선
명하게 기억했다.

트라우마가 악몽을 유발한다는 것은 우리도 경험
으로 알고 있다. 충격적인 사건을 겪은 후에 악몽을 꾼다.
큰 걱정거리가 있으면 꿈자리가 뒤숭숭해진다. 왜 그럴

까? 우리 뇌는 왜 악몽을 만들어서 우리를 못살게 굴까?

신경과학자들은 꿈은 우리를 괴롭히는 것이 아니라 오히려 우리를 보호하려는 것이라고 설명한다. 악몽은 일종의 훈련소다. 나중에 위험한 상황이 벌어지더라도 잘 대처하도록 마음을 훈련시키는 것이다. 호랑이가 나타나는 마을에 사는 아이는 호랑이 악몽을 꾼 후에 호랑이를 더욱 조심하게 될 것이다. 지뢰가 터지는 꿈을 꾼 아이들은 안전에 더 유의할 것이다. 상사에게 야단맞는 꿈이나 시험을 망치는 꿈도 모두 긍정적 메시지다. 열심히 노력하고 조심해서 나쁜 일을 막으라는 것이다.

악몽은 뇌가 우리에게 불행해지지 말라고 외치는 것이다. 미래에 닥칠 수 있는 위기에 대비하도록 훈련시키는 것이다. 무섭고 나쁜 꿈을 꾸어도 괜찮다. 악몽은 나를 위해 내가 연출한 안전 교육 드라마다. 악몽은 자기애의 표현이다.

닭살은

고마운 친구 같다

당황하면 혈관이 확장되면서 얼굴이 벌겋게 달아오른다. 뇌는 당황스러운 상황을 위기로 인식하고 혈관을 부풀린다. 몸에 더 많은 혈액과 산소를 공급해서 여차하면 빠르게 달아날 수 있도록 준비시키는 것이다. 붉어진 얼굴은 나를 보호하려는 반응이다.

닭살이나 소름도 마찬가지다. 닭살 돋는 상황은 3가지다. 첫 번째는 무서움을 느꼈을 때다. 공포 영화를 보거나 어둠 속에서 무서운 형상을 보았을 때 몸 여기저기에 닭살이 돋는다. 이때 닭살은 상대를 겁주기 위한 것이다. 닭살이 돋으면 털이 곤두서고 몸이 더 커 보인다. 상대에게 크고 강한 인상을 주려는 것이다. 동물도 위협을 느끼면 털을 곤두세운다. 몸집을 더 크게 보이려는 것이다.

닭살의 두 번째 원인은 추위다. 몸이 젖었을 때 바람이 불면 몸에 닭살이 돋는다. 이것은 체온을 유지하기 위한 반응이다. 닭살이 돋는다는 것은 털이 선다는 뜻이다. 그러면 공기를 더 많이 품게 되고 체온 유지에 유리해진다.

닭살의 세 번째 원인은 충격적 감정이다. 우연히 전 애인이 좋아했던 노래를 듣게 되면 소름이 돋는다. 배우가 절규하는 연기를 보아도 그렇다. 생각도 못한 선물을 받아도 소름이 돋는다. 충격적일 만큼 감동을 받으면 우리 몸은 엄청난 감정의 파도를 위기 상황이라고 판단해서 닭살이 돋게 한다. 뇌가 "이상한 일이 벌어졌으니 대비하라"는 명령을 내리는 셈이다.

닭살은 우리에게 추우면 감기 걸리니까 따뜻하게 하라고, 나쁜 일이 생기지 않게 조심하라고 말하는 것이 아닐까? 닭살은 우리의 안위를 걱정해준다. 나를 항상 염려하는 친구의 호의가 닭살에서 느껴진다.

아기는

신비로운 존재다

갓 태어났던 때의 나와 현재의 나는 같은 존재일까? 몸의 크기나 정신의 깊이가 달라졌다. 하지만 그보다 막대한 차이가 있다. 신생아와 성인은 신체 구조가 많이 다르다. 무엇보다 신생아는 성인보다 뼈 개수가 훨씬 많다. 여러 의견이 있지만 많은 전문가가 신생아의 뼈는 300개가량이라고 한다. 어른의 뼈는 206개다. 신생아가 성인보다 100개 정도 뼈가 많은 것이다.

그러면 100개의 뼈는 어디로 갔을까? 몸 밖으로 빠져나갔을 리는 없다. 100개의 뼈는 여전히 몸속에 있다. 다만 여러 개의 뼈가 하나로 합쳐졌을 뿐이다. 신생아 때 뼈와 뼈 사이에 있던 부드러운 연골이 차차 굳어지면서 별

개였던 뼈들이 하나로 이어진다. 레고 블록 두 개를 붙이면 하나가 되는 것과 같다.

그런데 신생아는 왜 그렇게 뼈가 많은 것일까? 만약 신생아가 성인처럼 뼈가 206개라면 유연하지 못해서 태어나는 것이 더 힘들었을 것이다. 성인과는 비교도 안 될 유연성 덕분에 아기는 무사히 태어날 수 있는 것이다.

그러니까 성인과 아기는 몸이 다르다. 아기는 성인과 연체동물 사이에 있는 존재다. 문어나 오징어까지는 아니어도, 성인이 절대 따를 수 없는 유연성이 있는 것은 분명한 사실이다.

갓 태어난 아기와 어른의 큰 차이가 또 있다. 아기는 울면서 눈물을 흘리지 않는다. 갓난아기는 온 힘을 다해서 울지만 '페이크'다. 얼굴을 찡그리고 소리를 질러도 눈물은 흐르지 않는다. 눈물을 흘리려면 짧게는 1~3개월 정도 지나야 한다. 눈물을 뚝뚝 흘리는 어른의 울음은 주로 감정 표현 수단이다. 갓난아기의 건조한 울음은 의사 전달 수단에 가깝다. 아직 말을 못하므로 "밥 줘요", "졸려요", "안아줘요", "엉덩이가 축축해요" 등의 메시지를 울음으로 전하는 것이다.

현재의 나와 신생아였던 나는 같은 존재가 아니다. 신생아 때는 눈물이 없었다. 지금은 서럽게 울면서 살아도 어릴 적에는 슬픈 눈물이 없는 행복한 시간을 보냈다. 또 신생아였던 나는 지금보다 뼈가 100개나 많았다. 현재는 몸이 뻣뻣하지만 어릴 적 우리는 유연하고 생명력이 강한 존재였다.

우리는 쉽게 이 세상에 나온 것이 아니다. 지금과는 전혀 다른 뼈 구조로 목숨을 걸다시피 하며 세상에 나왔다. 우리는 어렵게 태어났다. 삶이 모두 소중하고 축복인 이유다.

영원히 자라는 ----------

---------- 부위가 있을까?

사람은 20대가 되면 성장이 멈춘다. 키는 더 자라지 않고 손과 머리의 크기도 변하지 않는다. 하지만 계속 자라는 부분도 있다. 먼저 머리카락이 그렇다. 머리카락이 나지 않아서 고민하는 사람이 없지 않지만 대부분은 머리카락이 계속 자란다. 손발톱도 대부분 생명이 다할 때까지 자란다. 그런데 머리카락과 손발톱이 계속 자란다고 해도 불편하지는 않다. 깎고 다듬을 수 있기 때문이다.

깎을 수도 없는데 평생 자라나는 것이 우리 몸에 있다. 바로 귀와 코다. 귀와 코는 조금씩이지만 죽을 때까지 커진다. 정확히 말하자면 성장하는 것은 아니다. 코와 귀가 커지는 것은 중력 때문이다. 귀와 코에는 연골이 있

233

는데 중력에 의해 연골이 늘어지면서 아래로 쳐지게 된다.

영국의 의사 제임스 히스코트James Heathcote는 오랜 시간 성인의 귀를 재서 기록했다. 히스코트에 따르면 성인의 귀는 한 해 약 0.22밀리미터 커진다. 50년 동안 1센티미터 정도가 늘어나는 것이다. 100년이면 2센티미터다.

코는 늘어지고 커지기도 하지만 볼살이 빠지고 입술도 얇아지면서 상대적으로 커 보이는 것이라고 한다. 코와 귀는 이 순간에도 중력 때문에 조금씩 늘어나고 있다. 나이 든 사람과 젊은 사람의 얼굴을 비교해보면 쉽게 알 수 있다. 20세보다는 80세 노인의 귀와 코가 커 보인다.

북유럽신화에 나오는 트롤은 코와 귀가 아주 크다. 한국의 도깨비도 귀와 코가 큼지막하게 그려진 것이 많다. 나이가 아주 많이 든 인간의 모습과 비슷한 부분이 있다. 신기한 일이다. 코와 귀를 생각하면 인간이 100년도 못 사는 것이 다행인 것 같다. 200년이나 300년 살면 커다란 코와 귀를 매일 보아야 할 테니까 말이다.

사람은 --------------

---------- 공기를 정화한다

우리 몸에는 우리가 모르는 특별한 재능이 많다. 그중에서도 가장 신비하고 고마운 것은 공기 정화 능력이다. 인간의 피부 조각은 오존 농도를 낮춘다.

오존은 미세 먼지보다 무섭다. 상공의 오존층은 지구 생명체를 보호해주지만, 낮은 곳에 있는 오존은 독성이 있어 호흡기 등에 피해를 입힌다. 도심의 오존을 저감해야 우리가 건강하게 살 수 있다. 다행스럽게도 사람에게 실내 오존 수치를 낮추는 힘이 있다. 몸에서 떨어져나가는 피부 조각이 그 역할을 한다.

인간의 몸에서는 매 순간 하얀 가루가 떨어진다. 아주 작아서 보이지 않지만 피부 조각들이 이 글을 읽는 동안에도 몸에서 분리되어 날아가고 있다. 우리를 떠나는 피부 세포는 1시간에 3~4만 개에 달하며, 24시간 동안 우리는 약 100만 개의 피부 세포를 잃는다. 일평생으로 계산하면 36킬로그램에 달한다. 체중의 절반 정도를 흘리고 다니는 것이다.

시력이 아주 좋은 동물이나 외계인의 눈에는 인간의 몸에서 하얀 눈 같은 것이 계속 떨어지는 것이 보일 것이다. 도심의 행인 수천 명이 경쟁이라도 하듯이 모두 하얀 가루를 흩날리며 걸어 다니고 있는 것이다. 아마 굉장한 장관일 것이다.

죽은 피부 조각은 먼지가 되어 테이블과 바닥과 침구에 쌓인다. 생각만 해도 더러운 기분이 들지만 이 피부 조각은 공기를 정화해준다. 피부 조각에는 스콸렌 등 기름 성분이 있는데 이것이 실내 오존 농도를 줄여준다고 한다. 미국 럿거즈대학의 찰스 웨슐러Charles Weschler 박사가 2011년 발표한 바에 따르면, 피부 조각이 실내 오존 농도를 2~15퍼센트 정도 낮춘다. 우리를 떠난 피부 조각들은 신비하고도 고마운 능력으로 우리를 보호한다.

다른 연구에서는 인간의 피부 조각이 항공기 내부의 오존 농도도 낮추는 것으로 밝혀졌다. 비행기 옆 좌석에 앉은 사람은 자신의 피부 조각을 무상으로 제공함으로

써 나의 눈과 코 등에 해로운 오존을 줄여주는 것이다. 사
람들은 자기도 모르게 서로 돕고 산다.

머리를 안 감으면 － － － － － － － － －

－ － － － － － － 공기가 깨끗해진다

할리우드 배우 셰일린 우들리 Shailene Woodley 는 2014년 머리를 잘 감지 않는다는 이야기를 했다. "나는 한 달에 한 번만 샴푸해요. 머리가 기름질수록 더 좋더라고요."

　아름답고 지적인 배우의 고백은 큰 파장을 낳았다. 그렇게 더러운 사람을 좋아했다는 것이 후회된다는 팬도 있었다. 하지만 우들리가 더러운 사람은 아니다. 시각이 다를 뿐이다. 우들리는 샴푸를 하지 않고 자연 상태로 두는 것이 머리를 더 깨끗하고 건강하게 관리하는 방법이라고 믿는다. 또한 샴푸를 사용하지 않는 것은 환경보호에도 도움이 된다.

샴푸를 자제하면 물뿐만 아니라 대기도 보호할 수 있다.

우리 몸에서 떨어져나간 피부 조각이 공기를 정화해주는 것처럼 머리카락과 두피도 공기 오염을 줄여준다. 미국의 환경공학자로 미주리대학 토목건축환경공학과 글렌 모리슨Glenn Morrison 교수가 2008년 발표한 바에 따르면, 머리카락은 공기 중 오존을 흡수한다고 한다. 깨끗한 머리카락과 다소 지저분한 머리카락을 모아서 비교한 결과 지저분한 머리가 더 많은 오존을 흡수했다.

연구팀의 설명에 따르면 이는 두피 기름의 덕인데, 그렇다면 머리가 기름질수록 공기 정화 효과가 높다고 할 수 있겠다. 매일 샴푸를 하면서 머리를 깔끔하게 관리하면 공기 정화 기회를 포기하는 셈이다. 머리를 감지 못한 사람들은 자부심을 느껴도 된다. 그날 대기를 깨끗이 하는 공기청정기로 살았다는 뜻이니 말이다.

좀 더러우면 어떤가? 더러운 사람이 환경에 이롭다. 너무 깨끗한 사람은 자신만 생각하는 이기주의자일지 모른다. 좀 더럽게 살아보자.

행복하고 달콤한 기적들
ⓒ 이정, 2020

초판 1쇄 2020년 11월 24일 찍음
초판 1쇄 2020년 11월 30일 펴냄

지은이 | 이정
펴낸이 | 이태준

기획·편집 | 박상문, 박효주, 김환표
디자인 | 최진영, 홍성권
관리 | 최수향
인쇄·제본 | 제일프린테크

펴낸곳 | 북카라반
출판등록 | 제17-332호 2002년 10월 18일

주소 | (04037) 서울시 마포구 양화로 7길 6-16 서교제일빌딩 3층
전화 | 02-325-6364
팩스 | 02-474-1413
www.inmul.co.kr | cntbooks@gmail.com

ISBN 979-11-6005-095-0 03810
값 13,000원

이 도서의 국립중앙도서관 출판시도서목록(CIP)은 서지정보유통지원시스템 홈페이지
(http://seoji.nl.go.kr)와 국가자료공동목록시스템(http://www.nl.go.kr/kolisnet)에서
이용하실 수 있습니다. (CIP제어번호: CIP2020048842)